Alice's Abenteuer

im Wunderland

by

Lewis Carroll.

———◆———

Translated from the English by

Antonie Zimmermann

———◆———

With 42 Illustrations by

John Tenniel

DOVER PUBLICATIONS, INC.,
NEW YORK

This Dover edition, first published in 1974, is an unabridged republication of the work originally published by Johann Friedrich Hartknoch, Leipzig, in 1869. For further details, see the new Publisher's Note, specially prepared for the present edition.

International Standard Book Number: 0-486-20668-8
Library of Congress Catalog Card Number: 74-78778

Manufactured in the United States of America
Dover Publications, Inc.
180 Varick Street
New York, N.Y. 10014

PUBLISHER'S NOTE

Alice's Adventures in Wonderland first appeared in mid-1865. A year later Lewis Carroll was already expressing interest in the preparation of a German translation. In April 1867 Miss Antonie Zimmermann did sample translations that were approved, and she was well along with her work by October. In February 1868 Carroll and his publisher, Macmillan, decided to have the German-language edition printed in Germany (it was printed by Breitkopf & Härtel in Leipzig). After months of impatience Carroll saw partial page proofs in June 1868 and fuller proofs in October. His correspondence with Macmillan reveals his finicky concern with format, margins, picture placement, paper, binding, price and even certain textual details (although he did not know much German).

The German translation was published in February 1869, according to an entry in Carroll's diary under April 6, 1869 (which also mentions Queen Victoria's permission to present Princess Beatrice with a specially bound copy). It was the first translation of *Alice* in any language. (Since then there have been at least 15 other German translations and translations into at least 43 other languages.)

Part of this original German edition of 1000 copies had a title page bearing the Macmillan imprint and the statement "Uebersetzt von Antonie Zimmermann," and arrived in England in March 1869. Another part, with the imprint of Johann Friedrich Hartknoch, Leipzig, and the statement "Aus dem Englischen von Antonie Zimmermann," was sold in Germany. It is a copy of the latter version that is reproduced here in unabridged facsimile (the only alteration being the correction of the page numbers in the Table of Contents, given incorrectly in the original).

The *Lewis Carroll Handbook* speaks of this Hartknoch imprint as "First Edition, second issue," considering the Macmillan imprint as the first issue, but we follow Warren Weaver in considering them as simultaneous co-issues of the first edition for different markets. (A further complication: Weaver reports the existence of a differently bound unique copy of the Hartknoch imprint which may be an earlier Hartknoch issue; but for all practical purposes, this Dover volume is a reprint of one version of the first German-language *Alice* as it was offered to the general public.) The Hartknoch copies of the first printing were almost sold out by August 1869. Naturally the German edition moved more slowly in England and the original supply lasted for two years.

Facing the German Table of Contents is an appreciation of the translator's work by Carroll, who points to her clever use of German puns in place of untranslatable English puns and her substitution of well-known German children's rhymes for English ones in the parody passages. The excellence of printing of the woodcut illustrations in this first German edition has become a byword with collectors and bibliographers.

The publisher is indebted to the following reference works for the information in the present note:

Green, Roger Lancelyn, ed., *The Diaries of Lewis Carroll*, Oxford University Press, N.Y., 1954 (esp. Vol. II, p. 280).

Weaver, Warren, *Alice in Many Tongues: The Translations of "Alice in Wonderland,"* The University of Wisconsin Press, Madison, 1964 (esp. pp. 32–55).

Williams, Sidney Herbert, and Madan, Falconer, edd. (revised by Roger Lancelyn Green), *The Lewis Carroll Handbook*, Oxford University Press, London, 1962 (esp. pp. 50 and 51).

Alice's Abenteuer

im Wunderland

von

Lewis Carroll.

Aus dem Englischen von Antonie Zimmermann.

—•◦•—

Mit zweiundvierzig Illustrationen

von

John Tenniel.

Autorisirte Ausgabe.

———•◦•———

Leipzig

Johann Friedrich Hartknoch.

D schöner, goldner Nachmittag,
Wo Flut und Himmel lacht!
Von schwacher Kindeshand bewegt,
Die Ruder plätschern sacht —
Das Steuer hält ein Kindesarm
Und lenket unsre Fahrt.

So fuhren wir gemächlich hin
Auf träumerischen Wellen —
Doch ach! die drei vereinten sich,
Den müden Freund zu quälen —
Sie trieben ihn, sie drängten ihn,
Ein Mährchen zu erzählen.

Die Erste gab's Commandowort;
O schnell, o fange an!
Und mach' es so, die Zweite bat,
Daß man recht lachen kann!
Die Dritte ließ ihm keine Ruh
Mit wie? und wo? und wann?

Jetzt lauschen sie vom Zauberland
Der wunderbaren Mähr';
Mit Thier und Vogel sind sie bald
In freundlichem Verkehr,
Und fühlen sich so heimisch dort,
Als ob es Wahrheit wär'. —

Und jedes Mal, wenn Fantasie
Dem Freunde ganz versiegt: —
„Das Uebrige ein ander Mal!"
O nein, sie leiden's nicht.
„„Es ist ja schon ein ander Mal!"" —
So rufen sie vergnügt.

So ward vom schönen Wunderland
Das Märchen ausgedacht,
So langsam Stück für Stück erzählt,
Beplaudert und belacht,
Und froh, als es zu Ende war,
Der Weg nach Haus gemacht.

Alice! o nimm es freundlich an!
Leg' es mit güt'ger Hand
Zum Strauße, den Erinnerung
Aus Kindheitsträumen band,
Gleich welken Blüthen, mitgebracht
Aus liebem, fernen Land.

[Der Verfasser wünscht hiermit seine Anerkennung gegen die Ueberseßerin auszusprechen, die einige eingestreute Parodien englischer Kinderlieder, welche der deutschen Jugend unverständlich gewesen wären, durch dergleichen von bekannten deutschen Gedichten ersetzt hat. Ebenso sind für die oft unübersetzbaren englischen Wortspiele passende deutsche eingeschoben worden, welche das Buch allein der Gewandtheit der Ueberseßerin verdankt.]

Inhalt.

Erstes Kapitel.

Hinunter in den Kaninchenbau.

Alice fing an sich zu langweilen; sie saß schon lange bei ihrer Schwester am Ufer und hatte nichts zu thun. Das Buch, das ihre Schwester las, gefiel ihr nicht; denn es waren weder Bilder noch

Gespräche darin. „Und was nützen Bücher," dachte Alice,
„ohne Bilder und Gespräche?"

Sie überlegte sich eben, (so gut es ging, denn sie
war schläfrig und dumm von der Hitze,) ob es der
Mühe werth sei aufzustehen und Gänseblümchen zu
pflücken, um eine Kette damit zu machen, als plötzlich
ein weißes Kaninchen mit rothen Augen dicht an ihr
vorbeirannte.

Dies war grade nicht sehr merkwürdig; Alice fand
es auch nicht sehr außerordentlich, daß sie das Kanin=
chen sagen hörte: „O weh, o weh! Ich werde zu spät
kommen!" (Als sie es später wieder überlegte, fiel ihr
ein, daß sie sich darüber hätte wundern sollen; doch zur
Zeit kam es ihr Alles ganz natürlich vor.) Aber als das
Kaninchen seine Uhr aus der Westentasche zog,
nach der Zeit sah und eilig fortlief, sprang Alice auf;
denn es war ihr doch noch nie vorgekommen, ein
Kaninchen mit einer Westentasche und einer Uhr darin
zu sehen. Vor Neugierde brennend, rannte sie ihm
nach über den Grasplatz, und kam noch zur rechten
Zeit, um es in ein großes Loch unter der Hecke schlüpfen
zu sehen.

Den nächsten Augenblick war sie ihm nach in das

Loch hineingesprungen, ohne zu bedenken, wie in aller Welt sie wieder herauskommen könnte.

Der Eingang zum Kaninchenbau lief erst geradeaus, wie ein Tunnel, und ging dann plötzlich abwärts; ehe Alice noch den Gedanken fassen konnte sich schnell fest= zuhalten, fühlte sie schon, daß sie fiel, wie es schien, in einen tiefen, tiefen Brunnen.

Entweder mußte der Brunnen sehr tief sein, oder sie fiel sehr langsam; denn sie hatte Zeit genug, sich beim Fallen umzusehen und sich zu wundern, was nun wohl geschehen würde. Zuerst versuchte sie hinunter zu sehen, um zu wissen wohin sie käme, aber es war zu dunkel etwas zu erkennen. Da besah sie die Wände des Brun= nens und bemerkte, daß sie mit Küchenschränken und Bücherbrettern bedeckt waren; hier und da erblickte sie Landkarten und Bilder, an Haken aufgehängt. Sie nahm im Vorbeifallen von einem der Bretter ein Töpfchen mit der Aufschrift: „Eingemachte Apfelsinen", aber zu ihrem großen Verdruß war es leer. Sie wollte es nicht fallen lassen, aus Furcht Jemand unter sich zu tödten; und es gelang ihr, es in einen andern Schrank, an dem sie vorbeikam, zu schieben.

„Nun!" dachte Alice bei sich, „nach einem solchen

Fall werde ich mir nichts daraus machen, wenn ich die Treppe hinunter stolpere. Wie muthig sie mich zu Haus finden werden! Ich würde nicht viel Redens machen, wenn ich selbst von der Dachspitze hinunter fiele!" (Was sehr wahrscheinlich war.)

Hinunter, hinunter, hinunter! Wollte denn der Fall nie endigen? „Wie viele Meilen ich wohl jetzt gefallen bin!" sagte sie laut. „Ich muß ungefähr am Mittelpunkt der Erde sein. Laß sehen: das wären achthundert und funfzig Meilen, glaube ich —" (denn ihr müßt wissen, Alice hatte dergleichen in der Schule gelernt, und obgleich dies keine s e h r gute Gelegenheit war, ihre Kenntnisse zu zeigen, da Niemand zum Zuhören da war, so übte sie es sich doch dabei ein) — „ja, das ist ungefähr die Entfernung; aber zu welchem Länge= und Breitegrade ich wohl gekommen sein mag?" (Alice hatte nicht den geringsten Begriff, was weder Längegrad noch Breitegrad war; doch klangen ihr die Worte großartig und nett zu sagen.)

Bald fing sie wieder an. „Ob ich wohl ganz durch die Erde fallen werde! Wie komisch das sein wird, bei den Leuten heraus zu kommen, die auf dem Kopfe gehen! die Antipathien, glaube ich." (Diesmal war es ihr ganz lieb, daß Niemand zuhörte, denn das Wort klang ihr gar nicht recht.) „Aber natürlich werde ich sie fragen müssen, wie das Land heißt. Bitte, liebe Dame, ist dies Neu=Seeland oder Australien?" (Und sie versuchte dabei zu knixen, — denkt doch, knixen, wenn man durch die Luft fällt! Könntet ihr das fertig kriegen?) „Aber sie werden mich für ein unwissendes kleines Mädchen halten, wenn ich frage! Nein, es geht nicht an zu fragen; vielleicht sehe ich es irgendwo angeschrieben."

Hinunter, hinunter, hinunter! Sie konnte nichts weiter thun, also fing Alice bald wieder zu sprechen an. „Dinah wird mich gewiß heut Abend recht suchen!" (Dinah war die Katze.) „Ich hoffe, sie werden ihren Napf Milch zur Theestunde nicht vergessen. Dinah! Mies! ich wollte, du wärest hier unten bei mir. Mir ist nur bange, es giebt keine Mäuse in der Luft; aber du könntest einen Spatzen fangen; die wird es hier in der Luft wohl geben, glaubst du nicht? Und Katzen fressen doch Spatzen?" Hier wurde Alice etwas schläfrig und redete halb im Traum fort. „Fressen Katzen gern Spatzen? Fressen Katzen gern Spatzen? Fressen Spatzen gern Katzen?" Und da ihr Niemand zu antworten brauchte,

so kam es gar nicht darauf an, wie sie die Frage stellte.
Sie fühlte, daß sie einschlief und hatte eben angefangen
zu träumen, sie gehe Hand in Hand mit Dinah
spazieren, und frage sie ganz ernsthaft: „Nun, Dinah,
sage die Wahrheit, hast du je einen Spatzen gefressen?"
da mit einem Male, plump! plump! kam sie auf
einen Haufen trocknes Laub und Reisig zu liegen, —
und der Fall war aus.

Alice hatte sich gar nicht weh gethan. Sie sprang
sogleich auf und sah in die Höhe; aber es war dunkel
über ihr. Vor ihr lag ein zweiter langer Gang, und
sie konnte noch eben das weiße Kaninchen darin entlang
laufen sehen. Es war kein Augenblick zu verlieren: fort
rannte Alice wie der Wind, und hörte es gerade noch
sagen, als es um eine Ecke bog: „O, Ohren und
Schnurrbart, wie spät es ist!" Sie war dicht hinter
ihm, aber als sie um die Ecke bog, da war das
Kaninchen nicht mehr zu sehen. Sie befand sich in einem
langen, niedrigen Corridor, der durch eine Reihe Lam=
pen erleuchtet war, die von der Decke herabhingen.

Zu beiden Seiten des Corridors waren Thüren;
aber sie waren alle verschlossen. Alice versuchte jede
Thür erst auf einer Seite, dann auf der andern; end=

lich ging sie traurig in der Mitte entlang, überlegend,
wie sie je heraus kommen könnte.

Plötzlich stand sie vor einem kleinen dreibeinigen
Tische, ganz von dickem Glas. Es war nichts dar=
auf als ein winziges goldenes Schlüsselchen, und Alice's
erster Gedanke war, dies möchte zu einer der Thüren des
Corridors gehören. Aber ach! entweder waren die
Schlösser zu groß, oder der Schlüssel war zu klein; kurz,
er paßte zu keiner einzigen. Jedoch, als sie das zweite
Mal herum ging, kam sie an einen niedrigen Vorhang,
den sie vorher nicht bemerkt hatte, und dahinter war eine
Thür, ungefähr funfzehn Zoll hoch. Sie steckte das
goldene Schlüsselchen in's Schlüsselloch, und zu ihrer
großen Freude paßte es.

Alice schloß die Thür auf und fand, daß sie zu
einem kleinen Gange führte, nicht viel größer als ein
Mäuseloch. Sie kniete nieder und sah durch den Gang
in den reizendsten Garten, den man sich denken kann.
Wie wünschte sie, aus dem dunkeln Corridor zu ge=
langen, und unter den bunten Blumenbeeten und küh=
len Springbrunnen umher zu wandern; aber sie konnte
kaum den Kopf durch den Eingang stecken. „Und wenn
auch mein Kopf hindurch ginge," dachte die arme Alice,

„was würde es nützen ohne die Schultern. O, ich
möchte mich zusammenschieben können wie ein Teleskop!
Das geht gewiß, wenn ich nur wüßte, wie man es
anfängt." Denn es war kürzlich so viel Merkwürdiges
mit ihr vorgegangen, daß Alice anfing zu glauben, es
sei fast nichts unmöglich.

Es schien ihr ganz unnütz, länger bei der kleinen Thür
zu warten. Daher ging sie zum Tisch zurück, halb und
halb hoffend, sie würde noch einen Schlüssel darauf
finden, oder jedenfalls ein Buch mit Anweisungen, wie
man sich als Teleskop zusammenschieben könne. Diesmal

fand sie ein Fläschchen darauf. „Das gewiß vorhin nicht hier stand," sagte Alice; und um den Hals des Fläsch=chens war ein Zettel gebunden, mit den Worten „Trinke mich!" wunderschön in großen Buchstaben drauf gedruckt.

Es war bald ge=sagt, „Trinke mich", aber die altkluge kleine Alice wollte sich damit nicht übereilen. „Nein, ich werde erst nach=sehen," sprach sie, „ob ein Todtenkopf darauf ist oder nicht." Denn sie hatte mehre hübsche Geschichten ge=lesen von Kindern, die sich verbrannt hatten  oder sich von wilden Thieren hatten fressen lassen, und in andere unangenehme Lagen gerathen waren, nur weil sie nicht an die Warnungen dachten, die ihre Freunde ihnen gegeben hatten; zum Beispiel, daß ein roth=glühendes Eisen brennt, wenn man es anfaßt; und daß

wenn man fich mit einem Meffer tief in den Finger
fchneidet, es gewöhnlich blutet. Und fie hatte nicht
vergeffen, daß wenn man viel aus einer Flafche mit
einem Todtenkopf darauf trinkt, es einem unfehlbar
fchlecht bekommt.

Diefe Flafche jedoch hatte keinen Todtenkopf. Daher
wagte Alice zu koften; und da es ihr gut fchmeckte
(es war eigentlich wie ein Gemifch von Kirfchkuchen,
Sahnenfauce, Ananas, Putenbraten, Raute und Armen
Rittern), fo trank fie die Flafche aus.

     ✶   ✶   ✶   ✶

         ✶   ✶   ✶

      ✶   ✶   ✶   ✶

„Was für ein komifches Gefühl!" fagte Alice. „Ich
gehe gewiß zu wie ein Teleftop."

Und fo war es in der That: jetzt war fie nur noch
zehn Zoll hoch, und ihr Geficht leuchtete bei dem Ge=
danken, daß fie nun die rechte Höhe habe, um durch
die kleine Thür in den fchönen Garten zu gehen. Doch

erst wartete sie einige Minuten, ob sie noch mehr ein=
schrumpfen werde. Sie war einigermaßen ängstlich;
„denn es könnte damit aufhören," sagte Alice zu sich
selbst, „daß ich ganz ausginge, wie ein Licht. Mich
wundert, wie ich dann aussähe?" Und sie versuchte sich
vorzustellen, wie die Flamme von einem Lichte aussieht,
wenn das Licht ausgeblasen ist; aber sie konnte sich nicht
erinnern, dies je gesehen zu haben.

Nach einer Weile, als sie merkte daß weiter nichts
geschah, beschloß sie, gleich in den Garten zu gehen.
Aber, arme Alice! als sie an die Thür kam, hatte sie
das goldene Schlüsselchen vergessen. Sie ging nach dem
Tische zurück, es zu holen, fand aber, daß sie es un=
möglich erreichen konnte. Sie sah es ganz deutlich durch
das Glas, und sie gab sich alle Mühe an einem der
Tischfüße hinauf zu klettern, aber er war zu glatt; und
als sie sich ganz müde gearbeitet hatte, setzte sich das
arme, kleine Ding hin und weinte.

„Still, was nützt es so zu weinen!" sagte Alice
ganz böse zu sich selbst; „ich rathe dir, den Augenblick
aufzuhören!" Sie gab sich oft sehr guten Rath (ob=
gleich sie ihn selten befolgte), und manchmal schalt sie
sich selbst so strenge, daß sie sich zum Weinen brachte;

und einmal, erinnerte sie sich, hatte sie versucht sich
eine Ohrfeige zu geben, weil sie im Croquet betrogen
hatte, als sie gegen sich selbst spielte; denn dieses eigen=
thümliche Kind stellte sehr gern zwei Personen vor. „Aber
jetzt hilft es zu nichts," dachte die arme Alice, „zu
thun als ob ich zwei verschiedene Personen wäre. Ach!
es ist ja kaum genug von mir übrig zu einer an=
ständigen Person!"

Bald fiel ihr Auge auf eine kleine Glasbüchse, die
unter dem Tische lag; sie öffnete sie und fand einen
sehr kleinen Kuchen darin, auf welchem die Worte „Iß
mich!" schön in kleinen Rosinen geschrieben standen.
„Gut, ich will ihn essen," sagte Alice, „und wenn ich
davon größer werde, so kann ich den Schlüssel erreichen;
wenn ich aber kleiner davon werde, so kann ich unter der
Thür durchkriechen. So, auf jeden Fall, gelange ich in
den Garten, — es ist mir einerlei wie."

Sie aß ein Bißchen, und sagte neugierig zu sich
selbst: „Aufwärts oder abwärts?" Dabei hielt sie die
Hand prüfend auf ihren Kopf und war ganz erstaunt
zu bemerken, daß sie dieselbe Größe behielt. Freilich
geschieht dies gewöhnlich, wenn man Kuchen ißt; aber
Alice war schon so an wunderbare Dinge gewöhnt, daß

es ihr ganz langweilig schien, wenn das Leben so natür=
lich fortging.

Sie machte sich also daran, und verzehrte den
Kuchen völlig.

*   *   *   *

*   *   *

*   *   *   *

Zweites Kapitel.

Der Thränenpfuhl.

~~~~~~

„Verquerer und ver=
querer!“ rief Alice.
(Sie war so überrascht,
daß sie im Augenblick
ihre eigene Sprache
ganz vergaß.) „Jetzt
werde ich auseinander
geschoben wie das läng=
ste Teleskop das es je
gab! Lebt wohl, Füße!“
(Denn als sie auf ihre
Füße hinabsah, konnte
sie sie kaum mehr zu
Gesicht bekommen, so
weit fort waren sie
schon.) „O meine
armen Füßchen! wer

euch wohl nun Schuhe und Strümpfe anziehen wird,
meine Besten? denn ich kann es unmöglich thun! Ich
bin viel zu weit ab, um mich mit euch abzugeben! ihr
müßt sehen, wie ihr fertig werdet. Aber gut muß ich
zu ihnen sein," dachte Alice, „sonst gehen sie vielleicht
nicht, wohin ich gehen möchte. Laß mal sehen: ich will
ihnen jeden Weihnachten ein Paar neue Stiefel schenken."

Und sie dachte sich aus, wie sie das anfangen
würde. „Sie müssen per Fracht gehen," dachte sie; „wie
drollig es sein wird, seinen eignen Füßen ein Geschenk
zu schicken! und wie komisch die Adresse aussehen
wird! —

> An
> > Alice's rechten Fuß, Wohlgeboren,
> > > Fußteppich,
> > > > nicht weit vom Kamin,
> > > > > (mit Alice's Grüßen).

„Oh, was für Unsinn ich schwatze!"

Gerade in dem Augenblick stieß sie mit dem Kopf an
die Decke: sie war in der That über neun Fuß groß.
Und sie nahm sogleich den kleinen goldenen Schlüssel
auf und rannte nach der Gartenthür.

Arme Alice! das Höchste was sie thun konnte war, auf der Seite liegend, mit einem Auge nach dem Garten hinunterzusehen; aber an Durchgehen war weniger als je zu denken. Sie setzte sich hin und fing wieder an zu weinen.

„Du solltest dich schämen," sagte Alice, „solch großes Mädchen" (da hatte sie wohl recht) „noch so zu weinen! Höre gleich auf, sage ich dir!" Aber sie weinte trotzdem fort, und vergoß Thränen eimerweise, bis sich zuletzt ein großer Pfuhl um sie bildete, ungefähr vier Zoll tief und den halben Corridor lang.

Nach einem Weilchen hörte sie Schritte in der Entfernung und trocknete schnell ihre Thränen, um zu sehen wer es sei. Es war das weiße Kaninchen, das prachtvoll geputzt zurückkam, mit einem Paar weißen Handschuhen in einer Hand und einem Fächer in der andern. Es trippelte in großer Eile entlang vor sich hin redend: „Oh! die Herzogin, die Herzogin! die wird mal außer sich sein, wenn ich sie warten lasse!" Alice war so rathlos, daß sie Jeden um Hülfe angerufen hätte. Als das Kaninchen daher in ihre Nähe kam, fing sie mit leiser, schüchterner Stimme an: „Bitte, lieber Herr. —" Das Kaninchen fuhr zusammen, ließ die weißen

Handschuhe und den Fächer fallen und lief davon in
die Nacht hinein, so schnell es konnte.

Alice nahm den Fächer und die Handschuhe auf, und
da der Gang sehr heiß war, fächelte sie sich, während
sie so zu sich selbst sprach: „Wunderbar! — wie seltsam

heute Alles ist! Und gestern war es ganz wie gewöhn=
lich. Ob ich wohl in der Nacht umgewechselt worden
bin? Laß mal sehen: war ich dieselbe, als ich heute
früh aufstand? Es kommt mir fast vor, als hätte ich
wie eine Veränderung in mir gefühlt. Aber wenn ich
nicht dieselbe bin, dann ist die Frage: wer in aller
Welt bin ich? Ja, das ist das Räthsel!" So ging sie
in Gedanken alle Kinder ihres Alters durch, die sie
kannte, um zu sehen, ob sie in eins davon verwandelt
wäre.

„Ich bin sicherlich nicht Ida," sagte sie, „denn die
trägt lange Locken, und mein Haar ist gar nicht lockig;
und bestimmt kann ich nicht Clara sein, denn ich weiß
eine ganze Menge, und sie, oh! sie weiß so sehr wenig!
Außerdem, sie ist sie selbst, und ich bin ich, und, o wie
confus es Alles ist! Ich will versuchen, ob ich noch
Alles weiß, was ich sonst wußte. Laß sehen: vier mal
fünf ist zwölf, und vier mal sechs ist dreizehn, und
vier mal sieben ist — o weh! auf die Art komme ich
nie bis zwanzig! Aber, das Einmaleins hat nicht so
viel zu sagen; ich will Geographie nehmen. London ist
die Hauptstadt von Paris, und Paris ist die Haupt=
stadt von Rom, und Rom — nein, ich wette, das ist

Alles falsch! Ich muß in Clara verwandelt sein!
Ich will doch einmal sehen, ob ich sagen kann: „Bei
einem Wirthe —" und sie faltete die Hände, als ob
sie ihrer Lehrerin hersagte, und fing an; aber ihre
Stimme klang rauh und ungewohnt, und die Worte
kamen nicht wie sonst: —

> „Bei einem Wirthe, wunderwild,
> Da war ich jüngst zu Gaste,
> Ein Bienennest das war sein Schild
> In einer braunen Tatze.
>
> Es war der grimme Zottelbär,
> Bei dem ich eingekehret;
> Mit süßem Honigseim hat er
> Sich selber wohl genähret!"

„Das kommt mir gar nicht richtig vor," sagte die
arme Alice, und Thränen kamen ihr in die Augen, als
sie weiter sprach: „Ich muß doch Clara sein, und ich
werde in dem alten kleinen Hause wohnen müssen, und
beinah keine Spielsachen zum Spielen haben, und ach!
so viel zu lernen! Nein, das habe ich mir vorgenom=
men: wenn ich Clara bin, will ich hier unten bleiben!

Es soll ihnen nichts helfen, wenn sie die Köpfe zu=
sammenstecken und herunter rufen: „Komm wieder
herauf, Herzchen!" Ich will nur hinauf sehen und
sprechen: wer bin ich denn? Sagt mir das erst, und
dann, wenn ich die Person gern bin, will ich kom=
men; wo nicht, so will ich hier unten bleiben, bis ich
jemand Anderes bin. — Aber o weh!" schluchzte Alice
plötzlich auf, „ich wünschte, sie sähen herunter! Es ist
mir so langweilig, hier ganz allein zu sein!"

Als sie so sprach, sah sie auf ihre Hände hinab
und bemerkte mit Erstaunen, daß sie beim Reden einen
von den weißen Glacee=Handschuhen des Kaninchens
angezogen hatte. „Wie habe ich das nur angefangen?"
dachte sie. „Ich muß wieder klein geworden sein." Sie
stand auf, ging nach dem Tische, um sich daran zu
messen, und fand, daß sie jetzt ungefähr zwei Fuß hoch
sei, dabei schrumpfte sie noch zusehends ein: sie merkte
bald, daß die Ursache davon der Fächer war, den sie
hielt; sie warf ihn schnell hin, noch zur rechten Zeit,
sich vor gänzlichem Verschwinden zu retten.

„Das war glücklich davon gekommen!" sagte Alice,
sehr erschrocken über die plötzliche Veränderung, aber
froh, daß sie noch existirte; „und nun in den Garten!"

und sie lief eilig nach der kleinen Thür: aber ach! die
kleine Thür war wieder verschlossen und das goldene
Schlüsselchen lag auf dem Glastische wie vorher. „Und
es ist schlimmer als je,“ dachte das arme Kind, „denn
so klein bin ich noch nie gewesen, nein, nie! Und ich
sage, es ist zu schlecht, ist es!“

Wie sie diese Worte sprach, glitt sie aus, und den
nächsten Augenblick, platsch! fiel sie bis an's Kinn in
Salzwasser. Ihr erster Gedanke war, sie sei in die See
gefallen, „und in dem Fall kann ich mit der Eisen=
bahn zurückreisen,“ sprach sie bei sich (Alice war einmal
in ihrem Leben an der See gewesen und war zu dem
allgemeinen Schluß gelangt, daß wo man auch an's

Seeufer kommt, man eine Anzahl Bademaschinen im Wasser findet, Kinder, die den Sand mit hölzernen Spaten aufgraben, dann eine Reihe Wohnhäuser und dahinter eine Eisenbahn=Station); doch merkte sie bald, daß sie sich in dem Thränenpfuhl befand, den sie geweint hatte, als sie neun Fuß hoch war.

„Ich wünschte, ich hätte nicht so sehr geweint!" sagte Alice, als sie umherschwamm und sich heraus= zuhelfen suchte; „jetzt werde ich wohl dafür bestraft wer= den und in meinen eigenen Thränen ertrinken! Das wird sonderbar sein, das! Aber Alles ist heut so sonderbar."

In dem Augenblicke hörte sie nicht weit davon etwas in dem Pfuhle plätschern, und sie schwamm danach, zu sehen was es sei: erst glaubte sie, es müsse ein Wallroß oder ein Nilpferd sein; dann aber besann sie sich, wie klein sie jetzt war, und merkte bald, daß es nur eine Maus sei, die wie sie hineingefallen war.

„Würde es wohl etwas nützen," dachte Alice, „diese Maus anzureden? Alles ist so wunderlich hier unten, daß ich glauben möchte, sie kann sprechen; auf jeden Fall habe ich das Fragen umsonst." Demnach fing sie an: „O Maus, weißt du, wie man aus diesem Pfuhle

gelangt, ich bin von dem Herumschwimmen ganz müde,
o Maus!" (Alice dachte, so würde eine Maus richtig
angeredet; sie hatte es zwar noch nie gethan, aber sie
erinnerte sich ganz gut, in ihres Bruders lateinischer
Grammatik gelesen zu haben „Eine Maus — einer
Maus — einer Maus — eine Maus — o Maus!")
Die Maus sah sie etwas neugierig an und schien ihr
mit dem einen Auge zu blinzeln; aber sie sagte nichts.

„Vielleicht versteht sie nicht Englisch," dachte Alice,
„es ist vielleicht eine französische Maus, die mit Wilhelm
dem Eroberer herüber gekommen ist" (denn, trotz ihrer
Geschichtskenntniß hatte Alice keinen ganz klaren Begriff,
wie lange irgend ein Ereigniß her sei). Sie fing also
wieder an: „Où est ma chatte?" was der erste Satz
in ihrem französischen Conversationsbuche war. Die Maus
sprang hoch auf aus dem Wasser, und schien vor Angst
am ganzen Leibe zu beben. „O, ich bitte um Ver=
zeihung!" rief Alice schnell, erschrocken, daß sie das
arme Thier verletzt habe. „Ich hatte ganz vergessen,
daß Sie Katzen nicht mögen."

„Katzen nicht mögen!" schrie die Maus mit krei=
schender, wüthender Stimme. „Würdest du Katzen mögen,
wenn du in meiner Stelle wärest?"

„Nein, wohl kaum," sagte Alice in zuredendem
Tone: „sei nicht mehr böse darüber. Und doch möchte
ich dir unsere Katze Dinah zeigen können. Ich glaube, du
würdest Geschmack für Katzen bekommen, wenn du sie
nur sehen könntest. Sie ist ein so liebes ruhiges Thier,"
sprach Alice fort, halb zu sich selbst, wie sie gemüthlich
im Pfuhle daherschwamm; „sie sitzt und spinnt so nett
beim Feuer, leckt sich die Pfoten und wäscht sich das
Schnäuzchen — und sie ist so hübsch weich auf dem
Schoß zu haben — und sie ist solch famoser Mäuse-
fänger — oh, ich bitte um Verzeihung!" sagte Alice
wieder, denn diesmal sträubte sich das ganze Fell der

armen Maus, und Alice dachte, sie müßte sicherlich
sehr beleidigt sein. „Wir wollen nicht mehr davon
reden, wenn du es nicht gern hast."

„Wir, wirklich!" entgegnete die Maus, die bis
zur Schwanzspitze zitterte. „Als ob ich je über solchen
Gegenstand spräche! Unsere Familie hat von jeher Katzen
verabscheut: häßliche, niedrige, gemeine Dinger! Laß mich
ihren Namen nicht wieder hören!"

„Nein, gewiß nicht!" sagte Alice, eifrig bemüht,
einen andern Gegenstand der Unterhaltung zu suchen.
„Magst du — magst du gern Hunde?" Die Maus
antwortete nicht, daher fuhr Alice eifrig fort: „Es wohnt
ein so reizender kleiner Hund nicht weit von unserm
Hause. Den möchte ich dir zeigen können! Ein kleiner
kläräugiger Wachtelhund, weißt du, ach, mit solch krausem
braunen Fell! Und er apportirt Alles, was man ihm
hinwirft, und er kann aufrecht stehen und um sein Essen
betteln, und so viel Kunststücke — ich kann mich kaum
auf die Hälfte besinnen — und er gehört einem Amt=
mann, weißt du, und er sagt, er ist so nützlich, er ist
ihm hundert Pfund werth! Er sagt, er vertilgt alle Rat=
ten und — oh wie dumm!" sagte Alice in reumüthigem
Tone. „Ich fürchte, ich habe ihr wieder weh gethan!"

Denn die Maus schwamm so schnell sie konnte von ihr fort und brachte den Pfuhl dadurch in förmliche Bewegung.

Sie rief ihr daher zärtlich nach: „Liebes Mäuschen! Komm wieder zurück, und wir wollen weder von Katzen noch von Hunden reden, wenn du sie nicht gern hast!" Als die Maus das hörte, wandte sie sich um und schwamm langsam zu ihr zurück; ihr Gesicht war ganz blaß (vor Aerger, dachte Alice), und sie sagte mit leiser, zitternder Stimme: „Komm mit mir an's Ufer, da will ich dir meine Geschichte erzählen; dann wirst du begreifen, warum ich Katzen und Hunde nicht leiden kann."

Es war hohe Zeit sich fortzumachen; denn der Pfuhl begann von allerlei Vögeln und Gethier zu wimmeln, die hinein gefallen waren: da war eine Ente und ein Dodo, ein rother Papagei und ein junger Adler, und mehre andere merkwürdige Geschöpfe. Alice führte sie an, und die ganze Gesellschaft schwamm an's Ufer.

Drittes Kapitel.

Caucus-Rennen und was daraus wird.

Es war in der That eine wunderliche Gesellschaft, die sich am Strande versammelte — die Vögel mit triefenden Federn, die übrigen Thiere mit fest anliegendem Fell, Alle durch und durch naß, verstimmt und unbehaglich. —

Die erste Frage war, wie sie sich trocknen könnten: es wurde eine Berathung darüber gehalten, und nach wenigen Minuten kam es Alice ganz natürlich vor, vertraulich mit ihnen zu schwatzen, als ob sie sie ihr ganzes Leben gekannt hätte. Sie hatte sogar eine lange Auseinandersetzung mit dem Papagei, der zuletzt brummig wurde und nur noch sagte: „ich bin älter als du und muß es besser wissen;" dies wollte Alice nicht zugeben und fragte nach seinem Alter, und da der Papagei es durchaus nicht sagen wollte, so blieb die Sache unentschieden.

Endlich rief die Maus, welche eine Person von Gewicht unter ihnen zu sein schien: „Setzt euch, ihr Alle, und hört mir zu! ich will euch bald genug trocken machen!" Alle setzten sich sogleich in einen großen Kreis nieder, die Maus in der Mitte. Alice hatte die Augen erwartungsvoll auf sie gerichtet, denn sie war überzeugt, sie werde sich entsetzlich erkälten, wenn sie nicht sehr bald trocken würde.

„Hm!" sagte die Maus mit wichtiger Miene, „seid ihr Alle so weit? Es ist das Trockenste, worauf ich mich besinnen kann. Alle still, wenn ich bitten darf! — Wilhelm der Eroberer, dessen Ansprüche vom Papste

begünstigt wurden, fand bald Anhang unter den Eng=
ländern, die einen Anführer brauchten, und die in je=
ner Zeit sehr an Usurpation und Eroberungen gewöhnt
waren. Edwin und Morcar, Grafen von Mercia und
Northumbria —"

„Ooooh!" gähnte der Papagei und schüttelte sich.

„Bitte um Verzeihung!" sprach die Maus mit ge=
runzelter Stirne, aber sehr höflich; „bemerkten Sie
etwas?"

„Ich nicht!" erwiederte schnell der Papagei.

„Es kam mir so vor," sagte die Maus. —
„Ich fahre fort: Edwin und Morcar, Grafen von
Mercia und Northumbria, erklärten sich für ihn; und
selbst Stigand, der patriotische Erzbischof von Canter=
bury fand es rathsam —"

„Fand was?" unterbrach die Ente.

„Fand es," antwortete die Maus ziemlich auf=
gebracht: „du wirst doch wohl wissen, was es
bedeutet."

„Ich weiß sehr wohl, was es bedeutet, wenn ich
etwas finde, sagte die Ente: „es ist gewöhnlich ein
Frosch oder ein Wurm. Die Frage ist, was fand der
Erzbischof?"

Die Maus beachtete die Frage nicht, sondern fuhr hastig fort: — „fand es rathsam, von Edgar Atheling begleitet, Wilhelm entgegen zu gehen und ihm die Krone anzubieten. Wilhelms Benehmen war zuerst gemäßigt, aber die Unverschämtheit seiner Normannen — wie steht's jetzt, Liebe?" fuhr sie fort, sich an Alice wendend.

„Noch ganz eben so naß," sagte Alice schwermüthig; „es scheint mich gar nicht trocken zu machen."

„In dem Fall," sagte der Dodo feierlich, indem er sich erhob, „stelle ich den Antrag, daß die Versammlung sich vertage und zur unmittelbaren Anwendung von wirksameren Mitteln schreite."

„Sprich deutlich!" sagte der Adler. „Ich verstehe den Sinn von deinen langen Wörtern nicht, und ich wette, du auch nicht!" Und der Adler bückte sich, um ein Lächeln zu verbergen; einige der andern Vögel kicherten hörbar.

„Was ich sagen wollte," sprach der Dodo in gereiztem Tone, „war, daß das beste Mittel uns zu trocknen ein Caucus-Rennen wäre."

„Was ist ein Caucus-Rennen?" sagte Alice, nicht daß ihr viel daran lag es zu wissen; aber der Dodo

hatte angehalten, als ob er eine Frage erwarte, und
Niemand anders schien aufgelegt zu reden.

„Nun," meinte der Dodo, „die beste Art, es zu
erklären, ist, es zu spielen." (Und da ihr vielleicht das
Spiel selbst einen Winter-Nachmittag versuchen möchtet,
so will ich erzählen, wie der Dodo es anfing.)

Erst bezeichnete er die Bahn, eine Art Kreis („es
kommt nicht genau auf die Form an," sagte er), und
dann wurde die ganze Gesellschaft hier und da auf der
Bahn aufgestellt. Es wurde kein: „eins, zwei, drei,
fort!" gezählt, sondern sie fingen an zu laufen wenn
es ihnen einfiel, hörten auf wie es ihnen einfiel, so
daß es nicht leicht zu entscheiden war, wann das Rennen
zu Ende war. Als sie jedoch ungefähr eine halbe Stunde
gerannt und vollständig getrocknet waren, rief der Dodo
plötzlich: „Das Rennen ist aus!" und sie drängten sich
um ihn, außer Athem, mit der Frage: „Aber wer hat
gewonnen?"

Diese Frage konnte der Dodo nicht ohne tiefes
Nachdenken beantworten, und er saß lange mit einem
Finger an die Stirn gelegt (die Stellung, in der ihr
meistens Shakespeare in seinen Bildern seht), während die
Uebrigen schweigend auf ihn warteten. Endlich sprach

der Dodo: „Jeder hat gewonnen, und Alle sollen
Preise haben."

„Aber wer soll die Preise geben?" fragte ein ganzer
Chor von Stimmen.

„Versteht sich, sie!" sagte der Dodo, mit dem Finger
auf Alice zeigend; und sogleich umgab sie die ganze Ge=
sellschaft, Alle durch einander rufend: „Preise Preise!"

Alice wußte nicht im Geringsten, was da zu thun
sei; in ihrer Verzweiflung fuhr sie mit der Hand in
die Tasche, und zog eine Schachtel Zuckerplätzchen her=
vor (glücklicherweise war das Salzwasser nicht hinein
gedrungen); die vertheilte sie als Preise. Sie reichten
gerade herum, eins für Jeden.

„Aber sie selbst muß auch einen Preis bekommen,
wißt ihr," sagte die Maus.

„Versteht sich," entgegnete der Dodo ernst. Was hast
du noch in der Tasche?" fuhr er zu Alice gewandt fort.

„Nur einen Fingerhut," sagte Alice traurig.

„Reiche ihn mir herüber," versetzte der Dodo.
Darauf versammelten sich wieder Alle um sie, während
der Dodo ihr den Fingerhut feierlich überreichte, mit
den Worten: „Wir bitten, Sie wollen uns gütigst
mit der Annahme dieses eleganten Fingerhutes beehren;"

und als er diese kurze Rede beendigt hatte, folgte allgemeines Beifallklatschen.

Alice fand dies Alles höchst albern; aber die ganze Gesellschaft sah so ernst aus, daß sie sich nicht zu lachen getraute, und da ihr keine passende Antwort

einfiel, verbeugte sie sich einfach und nahm den Finger=
hut ganz ehrbar in Empfang.

Nun mußten zunächst die Zuckerplätzchen verzehrt wer=
den, was nicht wenig Lärm und Verwirrung hervorrief;
die großen Vögel nämlich beklagten sich, daß sie nichts
schmecken konnten, die kleinen aber verschluckten sich und
mußten auf den Rücken geklopft werden. Endlich war
auch dies vollbracht, und Alle setzten sich im Kreis herum
und drangen in das Mäuslein, noch etwas zu erzählen.

„Du hast mir deine Geschichte versprochen,“ sagte
Alice — „und woher es kommt, daß du K. und H.
nicht leiden kannst,“ fügte sie leise hinzu, um nur
das niedliche Thierchen nicht wieder böse zu machen.

„Ach,“ seufzte das Mäuslein, „ihr macht euch ja
aus meinem Erzählen doch nichts; ich bin euch mit mei=
ner Geschichte zu langschwänzig und zu tragisch.“ Dabei
sah sie Alice fragend an.

„Langschwänzig! das muß wahr sein!“ rief Alice
und sah nun erst mit rechter Verwunderung auf den
geringelten Schwanz der Maus hinab; „aber wie so
tragisch? was trägst du denn?“ Während sie noch da=
rüber nachsann, fing die längschwänzige Erzählung schon
an, folgendergestalt:

Filax sprach zu
der Maus, die
er traf
in dem
Haus:
„Geh' mit
mir vor
Gericht,
daß ich
dich
verklage.
Komm und
wehr' dich
nicht mehr;
ich muß
haben ein
Verhör,
denn ich
habe
nichts
zu thun
schon
zwei
Tage."
Sprach die
Maus zum
Köter:
„Solch
Verhör,
lieber Herr,
ohne
Richter,
ohne
Zeugen
thut nicht
Noth."
„Ich bin
Zeuge,
ich bin
Richter,"
sprach
er schlau
und schnitt
Gesichter,
„das Verhör
leite ich
und
verdamme
dich
zum
Tod!"

„Du paßt nicht auf!" sagte die Maus strenge zu
Alice.   „Woran denkst du?"

„Ich bitte um Verzeihung," sagte Alice sehr be=
scheiden: „du warst bis zur fünften Biegung gekommen,
glaube ich?"

„Mit nichten!" sagte die Maus entschieden und sehr
ärgerlich.

„Nichten!" rief Alice, die gern neue Bekanntschaften
machte, und sah sich neugierig überall um. „O, wo
sind sie, deine Nichten? Laß mich gehen und sie her
holen!"

„Das werde ich schön bleiben lassen," sagte die
Maus, indem sie aufstand und fortging. „Deinen Unsinn
kann ich nicht mehr mit anhören!"

„Ich meinte es nicht böse!" entschuldigte sich die arme
Alice.   „Aber du bist so sehr empfindlich, du!"

Das Mäuslein brummte nur als Antwort.

„Bitte, komm wieder, und erzähle deine Geschichte
aus!" rief Alice ihr nach; und die Andern wiederholten
im Chor: „ja bitte!" aber das Mäuschen schüttelte
unwillig mit dem Kopfe und ging schnell fort.

„Wie schade, daß es nicht bleiben wollte!" seufzte der
Papagei, sobald es nicht mehr zu sehen war; und eine

alte Unke nahm die Gelegenheit wahr, zu ihrer Tochter
zu sagen, „Ja, mein Kind! laß dir dies eine Lehre
sein, niemals übler Laune zu sein!" „Halt den Mund,
Mama!" sagte die junge Unke, etwas naseweis.

„Wahrhaftig, du würdest die Geduld einer Auster
erschöpfen!"

„Ich wünschte, ich hätte unsere Dinah hier, das
wünschte ich!" sagte Alice laut, ohne Jemand ins=
besondere anzureden. „Sie würde sie bald zurückholen!"

„Und wer ist Dinah, wenn ich fragen darf?" sagte
der Papagei.

Alice antwortete eifrig, denn sie sprach gar zu gern
von ihrem Liebling: „Dinah ist unsere Katze, Und
sie ist euch so geschickt im Mäusefangen, ihr könnt's
euch gar nicht denken! Und ach, hättet ihr sie nur Vögel
jagen sehen. Ich sage euch, sie frißt einen kleinen Vogel,
so wie sie ihn zu Gesicht bekommt."

Diese Mittheilung verursachte große Aufregung in
der Gesellschaft. Einige der Vögel machten sich augen=
blicklich davon; eine alte Elster fing an, sich sorgfältig
einzuwickeln, indem sie bemerkte: „Ich muß wirklich nach
Hause gehen; die Nachtluft ist nicht gut für meinen
Hals!" und ein Canarienvogel piepte zitternd zu seinen

Kleinen, „Kommt fort, Kinder! es ist die höchste Zeit
für euch, zu Bett zu gehen!" Unter verschiedenen Ent=
schuldigungen entfernten sie sich Alle, und Alice war
bald ganz allein.

„Hätte ich nur Dinah nicht erwähnt!" sprach sie bei
sich mit betrübtem Tone. „Niemand scheint sie gern zu
haben, hier unten, und dabei ist sie doch die beste
Katze von der Welt! Oh, meine liebe Dinah! ob ich dich
wohl je wieder sehen werde!" dabei fing die arme Alice
von Neuem zu weinen an, denn sie fühlte sich gar zu
einsam und muthlos. Nach einem Weilchen jedoch hörte
sie wieder ein Trappeln von Schritten in der Entfer=
nung und blickte aufmerksam hin, halb in der Hoffnung,
daß die Maus sich besonnen habe und zurückkomme, ihre
Geschichte auszuerzählen.

Viertes Kapitel.

Die Wohnung des Kaninchens.

~~~~~~~

Es war das weiße Kaninchen, das langsam zurück=
gewandert kam, indem es sorgfältig beim Gehen um=
hersah, als ob es etwas verloren hätte, und sie hörte
wie es für sich murmelte: „die Herzogin! die Herzogin!
Oh, meine weichen Pfoten! o mein Fell und Knebelbart!
Sie wird mich hängen lassen, so gewiß Frettchen Frett=
chen sind! Wo ich sie kann haben fallen lassen, begreife
ich nicht!" Alice errieth augenblicklich, daß es den Fä=
cher und die weißen Glaceehandschuhe meinte, und gut=
müthig genug fing sie an, danach umher zu suchen,
aber sie waren nirgends zu sehen — Alles schien seit
ihrem Bade in dem Pfuhl verwandelt zu sein, und der
große Corridor mit dem Glastische und der kleinen Thür
war gänzlich verschwunden.

Das Kaninchen erblickte Alice bald, und wie sie
überall suchte, rief es ihr ärgerlich zu: „Was, Marianne,
was hast du hier zu schaffen? Renne augenblicklich nach
Hause, und hole mir ein Paar Handschuhe und einen
Fächer! Schnell, vorwärts!" Alice war so erschrocken,
daß sie schnell in der angedeuteten Richtung fortlief, ohne
ihm zu erklären, daß es sich versehen habe.

„Es hält mich für sein Hausmädchen," sprach sie
bei sich selbst und lief weiter. „Wie es sich wundern
wird, wenn es erfährt, wer ich bin! Aber ich will ihm
lieber seinen Fächer und seine Handschuhe bringen —
nämlich, wenn ich sie finden kann." Wie sie so sprach,
kam sie an ein nettes kleines Haus, an dessen Thür
ein glänzendes Messingschild war mit dem Namen
„W. Kaninchen" darauf. Sie ging hinein ohne an=
zuklopfen, lief die Treppe hinauf, in großer Angst, der
wirklichen Marianne zu begegnen und zum Hause hinaus=
gewiesen zu werden, ehe sie den Fächer und die Hand=
schuhe gefunden hätte.

„Wie komisch es ist," sagte Alice bei sich, „Be=
sorgungen für ein Kaninchen zu machen! Vermuthlich
wird mir Dinah nächstens Aufträge geben!" Und sie
dachte sich schon aus, wie es Alles kommen würde:

„Fräulein Alice! Kommen Sie gleich, es ist Zeit zum Ausgehen für Sie!" „Gleich Kinderfrau! aber ich muß dieses Mäuseloch hier bewachen bis Dinah wieder= kommt, und aufpassen, daß die Maus nicht heraus= kommt." „Nur würde Dinah," dachte Alice weiter, „gewiß nicht im Hause bleiben dürfen, wenn sie anfinge, die Leute so zu commandiren."

Mittlerweile war sie in ein sauberes kleines Zimmer gelangt, mit einem Tisch vor dem Fenster und darauf (wie sie gehofft hatte) ein Fächer und zwei oder drei Paar winziger weißer Glaceehandschuhe; sie nahm den Fächer und ein Paar Handschuhe und wollte eben das Zimmer verlassen, als ihr Blick auf ein Fläschchen fiel, das bei dem Spiegel stand. Diesmal war kein Zettel mit den Worten: „Trink mich" darauf, aber trotzdem zog sie den Pfropfen heraus und setzte es an die Lip= pen. „Ich weiß, etwas Merkwürdiges muß geschehen, sobald ich esse oder trinke; drum will ich versuchen, was dies Fläschchen thut. Ich hoffe, es wird mich wieder größer machen; denn es ist mir sehr langweilig, solch winzig kleines Ding zu sein!"

Richtig, und zwar schneller, als sie erwartete: ehe sie das Fläschchen halb ausgetrunken hatte fühlte sie,

wie ihr Kopf an die Decke stieß, und mußte sich rasch
bücken, um sich nicht den Hals zu brechen. Sie stellte
die Flasche hin, indem sie zu sich sagte: „Das ist ganz
genug — ich hoffe, ich werde nicht weiter wachsen —
ich kann so schon nicht zur Thüre hinaus — hätte ich
nur nicht so viel getrunken!"

O weh! es war zu spät, dies zu wünschen. Sie
wuchs und wuchs, und mußte sehr bald auf den Fuß=
boden niederknien; den nächsten Augenblick war selbst
dazu nicht Platz genug, sie legte sich nun hin, mit
einem Ellbogen gegen die Thür gestemmt und den

andern Arm unter dem Kopfe. Immer noch wuchs
sie, und als letzte Hülfsquelle streckte sie einen Arm zum
Fenster hinaus und einen Fuß in den Kamin hinauf,
und sprach zu sich selbst: „Nun kann ich nicht mehr
thun, was auch geschehen mag. Was wird nur aus
mir werden?"

Zum Glück für Alice hatte das Zauberfläschchen nun
seine volle Wirkung gehabt, und sie wuchs nicht weiter.
Aber es war sehr unbequem, und da durchaus keine
Aussicht war, daß sie je wieder aus dem Zimmer
hinaus komme, so war sie natürlich sehr unglücklich.

„Es war viel besser zu Hause," dachte die arme
Alice, „wo man nicht fortwährend größer und kleiner
wurde, und sich nicht von Mäusen und Kaninchen commandiren zu lassen brauchte. Ich wünschte fast, ich
wäre nicht in den Kaninchenbau hineingelaufen — aber
— aber, es ist doch komisch, diese Art Leben! Ich
möchte wohl wissen, was eigentlich mit mir vorgegangen
ist! Wenn ich Märchen gelesen habe, habe ich immer
gedacht, so etwas käme nie vor, nun bin ich mitten
drin in einem! Es sollte ein Buch von mir geschrieben
werden, und wenn ich groß bin, will ich eins schreiben —
aber ich bin ja jetzt groß," sprach sie betrübt weiter,

„wenigstens h i e r habe ich keinen Platz übrig, noch
größer zu werden."

„Aber," dachte Alice, „werde ich denn nie älter
werden, als ich jetzt bin? das ist ein Trost — nie
eine alte Frau zu sein — aber dann — immer Auf=
gaben zu lernen zu haben! Oh, d a s möchte ich nicht
gern!"

„O, du einfältige Alice," schalt sie sich selbst.
„Wie kannst du hier Aufgaben lernen? Sieh doch, es
ist kaum Platz genug für dich, viel weniger für irgend
ein Schulbuch!"

Und so redete sie fort; erst als eine Person, dann
die andere, und hatte so eine lange Unterhaltung mit
sich selbst; aber nach einigen Minuten hörte sie draußen
eine Stimme und schwieg still, um zu horchen.

„Marianne! Marianne!" sagte die Stimme, „hole
mir gleich meine Handschuhe!" dann kam ein Trappeln
von kleinen Füßen die Treppe herauf. Alice wußte, daß
es das Kaninchen war, das sie suchte, und sie zitterte
so sehr, daß sie das ganze Haus erschütterte; sie hatte
ganz vergessen, daß sie jetzt wohl tausend Mal so groß
wie das Kaninchen war und keine Ursache hatte, sich
vor ihm zu fürchten.

Jetzt kam das Kaninchen an die Thür und wollte sie aufmachen; da aber die Thür nach innen aufging und Alice's Ellbogen fest dagegen gestemmt war, so war es ein vergeblicher Versuch. Alice hörte, wie es zu sich selbst sprach: „dann werde ich herum gehen und zum Fenster hineinsteigen."

„Das wirst du nicht thun," dachte Alice, und nachdem sie gewartet hatte, bis sie das Kaninchen dicht unter dem Fenster zu hören glaubte, streckte sie mit einem Male ihre Hand aus und griff in die Luft. Sie faßte zwar nichts, hörte aber einen schwachen  Schrei und einen Fall, dann das Geklirr von zerbrochenem Glase, woraus sie schloß, daß es wahrscheinlich in ein Gurkenbeet gefallen sei, oder etwas dergleichen.

Demnächst kam eine ärgerliche Stimme — die des Kaninchens — „Pat! Pat! wo bist du?" und dann

eine Stimme, die sie noch nicht gehört hatte: „Wo soll
ich sind? ich bin hier! grabe Aepfel aus, Euer Inaden!"

„Aepfel ausgraben? so!" sagte das Kaninchen ärger=
lich. „Hier! komm und hilf mir heraus!" (Noch mehr
Geklirr von Glasscherben.)

„Nun sage mir, Pat, was ist das da oben im
Fenster?"

„Wat soll's sind? 's is en Arm, Euer Inaden!"
(Er sprach es „Arrum" aus.)

„Ein Arm, du Esel! Wer hat je einen so großen
Arm gesehen? er nimmt ja das ganze Fenster ein!"

„Zu dienen, des thut er, Euer Inaden; aber en
Arm is es, und en Arm bleebt es."

„Jedenfalls hat er da nichts zu suchen: geh' und
schaffe ihn fort!"

Darauf folgte eine lange Pause, während welcher
Alice sie nur einzelne Worte flüstern hörte, wie:
„Zu dienen, des scheint mer nich, Euer Inaden, jar
nich, jar nich!" „Thu', was ich dir sage, feige Memme!"
zuletzt streckte sie die Hand wieder aus und that einen
Griff in die Luft. Diesmal hörte sie ein leises Wimmern
und noch mehr Geklirr von Glasscherben. „Wie viel
Gurkenbeete da sein müssen!" dachte Alice. „Mich soll

doch wundern, was sie nun thun werden! Mich zum
Fenster hinaus ziehen? ja, wenn sie das nur könnten!
Ich bliebe wahrlich nicht gern länger hier!"

Sie wartete eine Zeit lang, ohne etwas zu hören;
endlich kam ein Rollen von kleinen Leiterwagen, und
ein Lärm von einer Menge Stimmen, alle durch=
einander; sie verstand die Worte: "Wo ist die andere
Leiter? — Ich sollte ja nur eine bringen; Wabbel hat
die andere — Wabbel, bringe sie her, Junge! — Lehnt
sie hier gegen diese Ecke — Nein, sie müssen erst zu=
sammengebunden werden — sie reichen nicht halb hin=
auf — Ach, was werden sie nicht reichen: seid nicht
so umständlich — Hier, Wabbel! fange den Strick —
Wird das Dach auch tragen? — Nimm dich mit dem
losen Schiefer in Acht — oh, da fällt er! Köpfe weg!"
(ein lautes Krachen) — "Wessen Schuld war das? —
Wabbel's, glaube ich — Wer soll in den Schornstein
steigen? — Ich nicht, so viel weiß ich! Ihr aber
doch, nicht wahr? — Nicht ich, meiner Treu! —
Wabbel kann hineinsteigen — Hier, Wabbel! der Herr
sagt, du sollst in den Schornstein steigen!"

"So, also Wabbel soll durch den Schornstein herein=
kommen, wirklich?" sagte Alice zu sich selbst. "Sie

scheinen mir Alles auf Wab=
bel zu schieben: ich möchte
um Alles nicht an Wabbel's
Stelle sein; der Kamin ist
freilich eng, aber etwas
werde ich doch wohl mit
dem Fuße ausschlagen kön=
nen!"

Sie zog ihren Fuß so
weit herunter, wie sie
konnte, und wartete, bis
sie ein kleines Thier (sie
konnte nicht rathen, was
für eine Art es sei) in
dem Schornstein kratzen und
klettern hörte; als es dicht
über ihr war, sprach sie
bei sich: „Dies ist Wabbel,"
gab einen kräftigen Stoß in
die Höhe, und wartete dann
der Dinge, die da kommen
würden.

Zuerst hörte sie einen

allgemeinen Chor: „Da fliegt Wabbel!" dann die Stimme
des Kaninchens allein: — „Fangt ihn auf, ihr da bei der
Hecke!" darauf Stillschweigen, dann wieder verworrene
Stimmen: — „Haltet ihm den Kopf — etwas Brannt=
wein — Ersticke ihn doch nicht — Wie geht's, alter
Kerl? Was ist dir denn geschehen? erzähle uns
Alles!"

Zuletzt kam eine kleine schwache, quiekende Stimme
(„das ist Wabbel," dachte Alice): „Ich weiß es ja selbst
nicht — Keinen mehr, danke! Ich bin schon viel
besser — aber ich bin viel zu aufgeregt, um euch zu er=
zählen — Ich weiß nur, da kommt ein Ding in die
Höhe, wie'n Dosen=Stehauf, und auf fliege ich wie 'ne
Rackete!"

„Ja, das hast du gethan, alter Kerl!" sagten die
Andern.

„Wir müssen das Haus niederbrennen!" rief das
Kaninchen; da schrie Alice so laut sie konnte: „Wenn ihr
das thut, werde ich Dinah über euch schicken!"

Sogleich entstand tiefes Schweigen, und Alice dachte
bei sich: „Was sie wohl jetzt thun werden? Wenn
sie Menschenverstand hätten, würden sie das Dach ab=
reißen." Nach einer oder zwei Minuten fingen sie wieder

an sich zu rühren, und Alice hörte das Kaninchen sagen:
„Eine Karre voll ist vor der Hand genug."

„Eine Karre voll was?" dachte Alice; doch blieb sie
nicht lange im Zweifel, denn den nächsten Augenblick
kam ein Schauer von kleinen Kieseln zum Fenster herein
geflogen, von denen ein Paar sie gerade in's Gesicht
trafen. „Dem will ich ein Ende machen," sagte sie bei
sich und schrie hinaus: „Das laßt mir gefälligst bleiben!"
worauf wieder tiefe Stille erfolgte.

Alice bemerkte mit einigem Erstaunen, daß die Kiesel
sich alle in kleine Kuchen verwandelten, als sie auf
dem Boden lagen, und dies brachte sie auf einen glän=
zenden Gedanken. „Wenn ich einen von diesen Kuchen
esse," dachte sie, „wird es gewiß meine Größe ver=
ändern; und da ich unmöglich noch mehr wachsen kann,
so wird es mich wohl kleiner machen, vermuthe ich."

Sie schluckte demnach einen kleinen Kuchen herunter,
und merkte zu ihrem Entzücken, daß sie sogleich abnahm.
Sobald sie klein genug war, um durch die Thür zu gehen,
rannte sie zum Hause hinaus, und fand einen förm=
lichen Auflauf von kleinen Thieren und Vögeln davor.
Die arme kleine Eidechse, Wabbel, war in der Mitte, von
zwei Meerschweinchen unterstützt, die ihm etwas aus einer

Flasche gaben. Es war ein allgemeiner Sturm auf
Alice, sobald sie sich zeigte; sie lief aber so schnell sie
konnte davon, und kam sicher in ein dichtes Gebüsch.

„Das Nöthigste, was ich nun zu thun habe," sprach
Alice bei sich, wie sie in dem Wäldchen umher wanderte,
„ist, meine richtige Größe zu erlangen; und das Zweite,
den Weg zu dem wunderhübschen Garten zu finden. Ja,
das wird der beste Plan sein."

Es klang freilich wie ein vortrefflicher Plan, und
recht nett und einfach ausgedacht; die einzige Schwierig=
keit war, daß sie nicht den geringsten Begriff hatte, wie
sie ihn ausführen sollte; und während sie so ängstlich
zwischen den Bäumen umherguckte, hörte sie plötzlich ein
scharfes feines Bellen gerade über ihrem Kopfe und sah
eilig auf.

Ein ungeheuer großer junger Hund sah mit seinen
hervorstehenden runden Augen auf sie herab und machte
einen schwachen Versuch, eine Pfote auszustrecken und sie
zu berühren. „Armes kleines Ding!" sagte Alice in
liebkosendem Tone, und sie gab sich alle Mühe, ihm zu
pfeifen; dabei hatte sie aber große Angst, ob er auch
nicht hungrig wäre, denn dann würde er sie wahrschein=
lich auffressen trotz allen Liebkosungen.

Ohne recht zu wissen was sie that, nahm sie ein
Stäbchen auf und hielt es ihm hin; worauf das un-
geschickte Thierchen mit allen vier Füßen zugleich in die
Höhe sprang, vor Entzücken laut aufbellte, auf das

Stäbchen losrannte und that, als wolle es es zerreißen;
da wich Alice ihm aus hinter eine große Distel, um
nicht zertreten zu werden; und so wie sie auf der andern
Seite hervorkam, lief der junge Hund wieder auf das
Stäbchen los und fiel kopfüber in seiner Eile, es zu
fangen. Alice, der es vorkam, als wenn Jemand mit
einem Fuhrmannspferde Zeck spielt, und die jeden Augen=
blick fürchtete, unter seine Füße zu gerathen, lief wieder
hinter die Distel; da machte der junge Hund eine Reihe
von kurzen Anläufen auf das Stäbchen, wobei er jedes
Mal ein klein wenig vorwärts und ein gutes Stück
zurück rannte und sich heiser bellte, bis er sich zuletzt
mit zum Munde heraushängender Zunge und halb ge=
schlossenen Augen, ganz außer Athem hinsetzte.

Dies schien Alice eine gute Gelegenheit zu sein, fort=
zukommen; sie machte sich also gleich davon, und rannte
bis sie ganz müde war und keine Luft mehr hatte, und
bis das Bellen nur noch ganz schwach in der Ferne zu
hören war.

„Und doch war es ein lieber kleiner Hund!" sagte
Alice, indem sie sich an eine Butterblume lehnte um
auszuruhen, und sich mit einem der Blätter fächelte.
„Ich hätte ihn gern Kunststücke gelehrt, wenn — wenn

ich nur groß genug dazu gewesen wäre! O ja! das
hätte ich beinah vergessen, ich muß ja machen, daß ich
wieder wachse! Laß sehen — wie fängt man es doch
an? Ich dächte, ich sollte irgend etwas essen oder trin=
ken; aber die Frage ist, was?"

Das war in der That die Frage. Alice blickte um
sich nach allen Blumen und Grashalmen; aber gar
nichts sah aus, als ob es das Rechte sei, das sie unter
den Umständen essen oder trinken müsse. In der Nähe
wuchs ein großer Pilz, ungefähr so hoch wie sie; nach=
dem sie ihn sich von unten, von beiden Seiten, rück=
wärts und vorwärts betrachtet hatte, kam es ihr in den
Sinn zu sehen, was oben darauf sei. Sie stellte sich
also auf die Fußspitzen und guckte über den Rand des
Pilzes, und sogleich begegnete ihr Blick dem einer großen
blauen Raupe, die mit kreuzweise gelegten Armen da
saß und ruhig aus einer großen Huhka rauchte, ohne
die geringste Notiz von ihr noch sonst irgend Etwas zu
nehmen.

Fünftes Kapitel.

Guter Rath von einer Raupe.

Die Raupe und Alice sahen sich eine Zeit lang schweigend an; endlich nahm die Raupe die Huhka aus dem Munde und redete sie mit schmachtender, langsamer Stimme an. „Wer bist du?" fragte die Raupe.

Das war kein sehr ermuthigender Anfang einer Unter=
haltung. Alice antwortete, etwas befangen: „Ich —
ich weiß nicht recht, diesen Augenblick — vielmehr ich
weiß, wer ich heut früh war, als ich aufstand; aber
ich glaube, ich muß seitdem ein paar Mal verwechselt
worden sein."

„Was meinst du damit?" sagte die Raupe strenge.
„Erkläre dich deutlicher!"

„Ich kann mich nicht deutlicher erklären, fürchte ich,
Raupe," sagte Alice, „weil ich nicht ich bin, sehen Sie
wohl?"

„Ich sehe nicht wohl," sagte die Raupe.

„Ich kann es wirklich nicht besser ausdrücken," er=
wiederte Alice sehr höflich, „denn ich kann es selbst nicht
begreifen; und wenn man an einem Tage so oft klein
und groß wird, wird man ganz verwirrt."

„Nein, das wird man nicht," sagte die Raupe.

„Vielleicht haben Sie es noch nicht versucht," sagte
Alice, „aber wenn Sie sich in eine Puppe verwandeln
werden, das müssen Sie über kurz oder lang wie Sie
wissen — und dann in einen Schmetterling, das wird sich
doch komisch anfühlen, nicht wahr?"

„Durchaus nicht," sagte die Raupe.

„Sie fühlen wahrscheinlich anders darin," sagte Alice;
„so viel weiß ich, daß es mir sehr komisch sein würde."

„Dir!" sagte die Raupe verächtlich. „Wer bist du
denn?"

Was sie wieder auf den Anfang der Unterhaltung
zurückbrachte. Alice war etwas ärgerlich, daß die Raupe
so sehr kurz angebunden war; sie warf den Kopf in
die Höhe und sprach sehr ernst: „Ich dächte, Sie sollten
mir erst sagen, wer Sie sind?"

„Weshalb?" fragte die Raupe.

Das war wieder eine schwierige Frage; und da sich
Alice auf keinen guten Grund besinnen konnte und die
Raupe sehr schlechter Laune zu sein schien, so ging sie
ihrer Wege.

„Komm zurück!" rief ihr die Raupe nach, „ich habe
dir etwas Wichtiges zu sagen!"

Das klang sehr einladend; Alice kehrte wieder um
und kam zu ihr zurück.

„Sei nicht empfindlich," sagte die Raupe.

„Ist das Alles?" fragte Alice, ihren Aerger so gut
sie konnte verbergend.

„Nein," sagte die Raupe.

Alice dachte, sie wollte doch warten, da sie sonst nichts zu thun habe, und vielleicht würde sie ihr etwas sagen, das der Mühe werth sei. Einige Minuten lang rauchte die Raupe fort ohne zu reden; aber zuletzt nahm sie die Huhka wieder aus dem Munde und sprach: „Du glaubst also, du bist verwandelt?"

„Ich fürchte es fast, Raupe," sagte Alice, „ich kann Sachen nicht behalten wie sonst, und ich werde alle zehn Minuten größer oder kleiner!"

„Kannst welche Sachen nicht behalten?" fragte die Raupe.

„Ach, ich habe versucht zu sagen: Bei einem Wirthe 2c.; aber es kam ganz anders!" antwortete Alice in niedergeschlagenem Tone.

„Sage her: Ihr seid alt, Vater Martin," sagte die Raupe.

Alice faltete die Hände und fing an: —

„Ihr seid alt, Vater Martin," so sprach Junker Tropf,
„Euer Haar ist schon lange ganz weiß;
Doch steht ihr so gerne noch auf dem Kopf.
Macht Euch denn das nicht zu heiß?"

„Als ich jung war," der Vater zur Antwort gab,
„Da glaubt' ich, für's Hirn sei's nicht gut;
Doch seit ich entdeckt, daß ich gar keines hab'.
So thu' ich's mit fröhlichem Muth."

„Ihr seid alt," sprach der Sohn, „wie vorhin schon gesagt,
Und geworden ein gar dicker Mann;
Drum sprecht, wie ihr rücklings den Purzelbaum schlagt.
Potz tausend! wie fangt ihr's nur an?"

„Als ich jung war," der Alte mit Kopfschütteln sagt',
„Da rieb ich die Glieder mir ein
Mit der Salbe hier, die sie geschmeidig macht.
Für zwei Groschen Courant ist sie dein."

„Ihr seid alt,“ sprach der Bub’, „und könnt nicht recht kau’n,
Und solltet euch nehmen in Acht;
Doch aßt ihr die Gans mit Schnabel und Klau’n;
Wie habt ihr das nur gemacht?“

„Ich war früher Jurist und hab’ viel disputirt,
Besonders mit meiner Frau;
Das hat so mir die Kinnbacken einexercirt,
Daß ich jetzt noch mit Leichtigkeit kau!“

„Ihr seid alt," sagt der Sohn, „und habt nicht viel Witz,
Und doch seid ihr so geschickt;
Balancirt einen Aal auf der Nasenspitz'!
Wie ist euch das nur geglückt?"

„Drei Antworten hast du, und damit genug,
Nun laß mich kein Wort mehr hören;
Du Guck in die Welt thust so überklug,
Ich werde dich Mores lehren!"

„Das ist nicht richtig," sagte die Raupe.

„Nicht ganz richtig, glaube ich," sagte Alice schüch=
tern; „manche Wörter sind anders gekommen."

„Es ist von Anfang bis zu Ende falsch," sagte die
Raupe mit Entschiedenheit, worauf eine Pause von einigen
Minuten eintrat.

Die Raupe sprach zuerst wieder.

„Wie groß möchtest du gern sein?" fragte sie.

„Oh, es kommt nicht so genau darauf an," er=
wiederte Alice schnell; „nur das viele Wechseln ist
nicht angenehm, nicht wahr?"

„Nein, es ist nicht wahr!" sagte die Raupe.

Alice antwortete nichts; es war ihr im Leben nicht
so viel widersprochen worden, und sie fühlte, daß sie
wieder anfing, empfindlich zu werden.

„Bist du jetzt zufrieden?" sagte die Raupe.

„Etwas größer, Frau Raupe, wäre ich gern, wenn
ich bitten darf," sagte Alice; „drei und einen halben Zoll
ist gar zu winzig."

„Es ist eine sehr angenehme Größe, finde ich," sagte
die Raupe zornig und richtete sich dabei in die Höhe (sie
war gerade drei Zoll hoch).

„Aber ich bin nicht daran gewöhnt!" vertheidigte sich die arme Alice in weinerlichem Tone. Bei sich dachte sie: „Ich wünschte, alle diese Geschöpfe nähmen nicht Alles gleich übel."

„Du wirst es mit der Zeit gewohnt werden," sagte die Raupe, steckte ihre Huhka in den Mund und fing wieder an zu rauchen.

Diesmal wartete Alice geduldig, bis es ihr gefällig wäre zu reden. Nach zwei oder drei Minuten nahm die Raupe die Huhka aus dem Munde, gähnte ein bis zwei Mal und schüttelte sich. Dann kam sie von dem Pilze herunter, kroch in's Gras hinein und bemerkte blos bei'm Weggehen: „Die eine Seite macht dich größer, die andere Seite macht dich kleiner."

„Eine Seite wovon? die andere Seite wovon?" dachte Alice bei sich.

„Von dem Pilz," sagte die Raupe, gerade als wenn sie laut gefragt hätte; und den nächsten Augenblick war sie nicht mehr zu sehen.

Alice blieb ein Weilchen gedankenvoll vor dem Pilze stehen, um ausfindig zu machen, welches seine beiden Seiten seien; und da er vollkommen rund war, so fand sie die Frage schwierig zu beantworten. Zuletzt aber reichte sie mit beiden Armen, so weit sie herum konnte, und brach mit jeder Hand etwas vom Rande ab.

„Nun aber, welches ist das rechte?" sprach sie zu sich, und biß ein wenig von dem Stück in ihrer rechten Hand ab, um die Wirkung auszuprobiren; den nächsten Augenblick fühlte sie einen heftigen Schmerz am Kinn, es hatte an ihren Fuß angestoßen!

Ueber diese plötzliche Verwandlung war sie sehr erschrocken, aber da war keine Zeit zu verlieren, da sie sehr schnell kleiner wurde; sie machte sich also gleich daran, etwas von dem andern Stück zu essen. Ihr Kinn war so dicht an ihren Fuß gedrückt, daß ihr kaum Platz genug blieb, den Mund aufzumachen; endlich aber gelang es ihr, ein wenig von dem Stück in ihrer linken Hand herunter zu schlucken.

* * * * *

* * * *

* * * * *

„Ah! endlich ist mein Kopf frei!" rief Alice mit Entzücken, das sich jedoch den nächsten Augenblick in Angst verwandelte, da sie merkte, daß ihre Schultern nirgends zu finden waren: als sie hinunter sah, konnte sie weiter

nichts erblicken, als einen ungeheuer langen Hals, der sich
wie eine Stange aus einem Meer von grünen Blättern
erhob, das unter ihr lag.

„Was mag all das grüne Zeug sein?" sagte Alice.
„Und wo sind meine Schultern nur hingekommen? Und
ach, meine armen Hände, wie geht es zu, daß ich euch
nicht sehen kann?" Sie griff bei diesen Worten um sich,
aber es erfolgte weiter nichts, als eine kleine Bewegung
in den entfernten grünen Blättern.

Da es ihr nicht gelang, die Hände zu ihrem Kopfe
zu erheben, so versuchte sie, den Kopf zu ihnen hinunter
zu bücken, und fand zu ihrem Entzücken, daß sie ihren
Hals in allen Richtungen biegen und wenden konnte, wie
eine Schlange. Sie hatte ihn gerade in ein malerisches
Zickzack gewunden und wollte eben in das Blättermeer
hinunter tauchen, das, wie sie sah, durch die Gipfel der
Bäume gebildet wurde, unter denen sie noch eben herum=
gewandert war, als ein lautes Rauschen sie plötzlich
zurückschreckte: eine große Taube kam ihr in's Gesicht
geflogen und schlug sie heftig mit den Flügeln.

„Schlange!" kreischte die Taube.

„Ich bin keine Schlange!" sagte Alice mit Ent=
rüstung. „Laß mich in Ruhe!"

„Schlange sage ich!" wiederholte die Taube, aber mit gedämpfter Stimme, und fuhr schluchzend fort: „Alles habe ich versucht, und nichts ist ihnen genehm!"

„Ich weiß gar nicht, wovon du redest," sagte Alice.

„Baumwurzeln habe ich versucht, Flußufer habe ich versucht, Hecken habe ich versucht," sprach die Taube weiter, ohne auf sie zu achten; „aber diese Schlangen! Nichts ist ihnen recht!"

Alice verstand immer weniger; aber sie dachte, es sei unnütz etwas zu sagen, bis die Taube fertig wäre.

„Als ob es nicht Mühe genug wäre, die Eier aus= zubrüten," sagte die Taube, „da muß ich noch Tag und Nacht den Schlangen aufpassen! Kein Auge habe ich die letzten drei Wochen zugethan!"

„Es thut mir sehr leid, daß du so viel Verdruß gehabt hast," sagte Alice, die zu verstehen anfing, was sie meinte.

„Und gerade da ich mir den höchsten Baum im Walde ausgesucht habe," fuhr die Taube mit erhobener Stimme fort, „und gerade da ich dachte, ich wäre sie endlich los, müssen sie sich sogar noch vom Himmel herunterwinden! Pfui! Schlange!"

Aber ich bin keine Schlange, sage ich dir!" rief
Alice, „ich bin ein — ich bin ein —"

„Nun, was bist du denn?" fragte die Taube. „Ich
merke wohl, daß du dir etwas ausdenken willst!"

„Ich — ich bin ein kleines Mädchen," sagte Alice
etwas unsicher, da sie an die vielfachen Verwandlungen
dachte, die sie den Tag über schon durchgemacht hatte.

„Eine schöne Ausrede, wahrhaftig!" sagte die Taube
im Tone tiefster Verachtung. „Ich habe mein Lebtag
genug kleine Mädchen gesehen, aber nie eine mit solch
einem Hals! Nein, nein! du bist eine Schlange! das
kannst du nicht abläugnen. Du wirst am Ende noch
behaupten, daß du nie ein Ei gegessen hast."

„Ich habe Eier gegessen, freilich," sagte Alice, die ein
sehr wahrheitsliebendes Kind war; „aber kleine Mädchen
essen Eier eben so gut wie Schlangen."

„Das glaube ich nicht," sagte die Taube; „wenn sie
es aber thun, nun dann sind sie eine Art Schlangen,
so viel weiß ich."

Das war etwas so Neues für Alice, daß sie ein Paar
Minuten ganz still schwieg; die Taube benutzte die Ge=
legenheit und fuhr fort: „Du suchst Eier, das weiß ich

nur zu gut, und was kümmert es mich, ob du ein
kleines Mädchen oder eine Schlange bist?"

„Aber mich kümmert es sehr," sagte Alice schnell;
„übrigens suche ich zufällig nicht Eier, und wenn ich
es thäte, so würde ich deine nicht brauchen können;
ich esse sie nicht gern roh."

„Dann mach', daß du fortkommst!" sagte die Taube
verdrießlich, indem sie sich in ihrem Nest wieder zurecht
setzte. Alice duckte sich unter die Bäume so gut sie
konnte; denn ihr Hals verwickelte sich fortwährend in
die Zweige, und mehre Male mußte sie anhalten und
ihn losmachen. Nach einer Weile fiel es ihr wieder ein,
daß sie noch die Stückchen Pilz in den Händen hatte,
und sie machte sich sorgfältig daran, knabberte bald an
dem einen, bald an dem andern, und wurde abwechselnd
größer und kleiner, bis es ihr zuletzt gelang, ihre gewöhn=
liche Größe zu bekommen.

Es war so lange her, daß sie auch nur ungefähr
ihre richtige Höhe gehabt hatte, daß es ihr erst ganz
komisch vorkam; aber nach einigen Minuten hatte sie
sich daran gewöhnt und sprach mit sich selbst wie ge=
wöhnlich. „Schön, nun ist mein Plan halb ausgeführt!
Wie verwirrt man von dem vielen Wechseln wird! Ich

weiß nie, wie ich den nächsten Augenblick sein werde!
Doch jetzt habe ich meine richtige Größe: nun kommt es
darauf an, in den schönen Garten zu gelangen —
wie kann ich das anstellen? das möchte ich wissen!"
Wie sie dies sagte, kam sie in eine Lichtung mit einem
Häuschen in der Mitte, ungefähr vier Fuß hoch. „Wer
auch darin wohnen mag, es geht nicht an, daß ich so
groß wie ich jetzt bin hineingehe: sie würden vor Angst
nicht wissen wohin!" Also knabberte sie wieder an dem
Stückchen in der rechten Hand, und wagte sich nicht an
das Häuschen heran, bis sie sich auf neun Zoll herunter
gebracht hatte.

Sechstes Kapitel.
Ferkel und Pfeffer.

Noch ein bis zwei Augenblicke stand sie und sah
das Häuschen an, ohne recht zu wissen was sie nun
thun solle, als plötzlich ein Lackei in Livree vom Walde
her gelaufen kam — (sie hielt ihn für einen Lackeien, weil
er Livree trug, sonst, nach seinem Gesichte zu urtheilen,
würde sie ihn für einen Fisch angesehen haben) — und
mit den Knöcheln laut an die Thür klopfte. Sie wurde
von einem andern Lackeien in Livree geöffnet, der ein
rundes Gesicht und große Augen wie ein Frosch hatte,
und beide Lackeien hatten, wie Alice bemerkte, gepuderte
Lockenperücken über den ganzen Kopf. Sie war sehr
neugierig, was nun geschehen würde, und schlich sich
etwas näher, um zuzuhören.

Der Fisch=Lackei fing damit an, einen ungeheuren
Brief, beinah so groß wie er selbst, unter dem Arme
hervorzuziehen; diesen überreichte er dem anderen, in feier=
lichem Tone sprechend: „Für die Herzogin. Eine Ein=
ladung von der Königin, Croquet zu spielen." Der
Frosch=Lackei erwiederte in demselben feierlichen Tone,

indem er nur die Aufeinanderfolge der Wörter etwas
veränderte: „Von der Königin. Eine Einladung für
die Herzogin, Croquet zu spielen."

Dann verbeugten sich Beide tief, und ihre Locken
verwickelten sich in einander.

Darüber lachte Alice so laut, daß sie in das Gebüsch zurücklaufen mußte, aus Furcht, sie möchten sie
hören, und als sie wieder herausguckte, war der Fisch-
Lackei fort, und der andere saß auf dem Boden bei der
Thür und sah dumm in den Himmel hinauf.

Alice ging furchtsam auf die Thür zu und klopfte.

„Es ist durchaus unnütz, zu klopfen," sagte der Lackei,
„und das wegen zweier Gründe. Erstens weil ich an
derselben Seite von der Thür bin wie du, zweitens, weil
sie drinnen einen solchen Lärm machen, daß man dich
unmöglich hören kann." Und wirklich war ein ganz merk-
würdiger Lärm drinnen, ein fortwährendes Heulen und
Niesen, und von Zeit zu Zeit ein lautes Krachen, als
ob eine Schüssel oder ein Kessel zerbrochen wäre.

„Bitte," sagte Alice, „wie soll ich denn hineinkommen?"

„Es wäre etwas Sinn und Verstand darin, anzu-
klopfen," fuhr der Lackei fort, ohne auf sie zu hören,
„wenn wir die Thür zwischen uns hätten. Zum Beispiel,

wenn du drinnen wärest, könntest du klopfen, und ich
könnte dich herauslassen, nicht wahr?" Er sah die ganze
Zeit über, während er sprach, in den Himmel hinauf,
was Alice entschieden sehr unhöflich fand. „Aber viel=
leicht kann er nicht dafür," sagte sie bei sich; „seine
Augen sind so hoch oben auf seiner Stirn. Aber jeden=
falls könnte er mir antworten. — Wie soll ich denn
hineinkommen?" wiederholte sie laut.

„Ich werde hier sitzen," sagte der Lackei, „bis
morgen — "

In diesem Augenblicke ging die Thür auf, und ein
großer Teller kam heraus geflogen, gerade auf den
Kopf des Lackeien los; er strich aber über seine Nase hin
und brach an einem der dahinterstehenden Bäume in
Stücke.

„— oder übermorgen, vielleicht," sprach der Lackei
in demselben Tone fort, als ob nichts vorgefallen wäre.

„Wie soll ich denn hineinkommen?" fragte Alice
wieder, lauter als vorher.

„Sollst du überhaupt hineinkommen?" sagte der Lackei.
„Das ist die erste Frage, nicht wahr?"

Das war es allerdings; nur ließ sich Alice das nicht
gern sagen. „Es ist wirklich schrecklich," murmelte sie vor

sich hin, „wie naseweis alle diese Geschöpfe sind. Es könnte Einen ganz verdreht machen!"

Der Lackei schien dies für eine gute Gelegenheit an= zusehen, seine Bemerkung zu wiederholen, und zwar mit Variationen. „Ich werde hier sitzen," sagte er, „ab und an, Tage und Tage lang."

„Was soll ich aber thun?" fragte Alice.

„Was dir gefällig ist," sagte der Lackei, und fing an zu pfeifen.

„Es hilft zu nichts, mit ihm zu reden," sagte Alice außer sich, „er ist vollkommen blödsinnig!" Sie klinkte die Thür auf und ging hinein.

Die Thür führte geradeswegs in eine große Küche, welche von einem Ende bis zum andern voller Rauch war; in der Mitte saß auf einem dreibeinigen Schemel die Herzogin, mit einem Wickelkinde auf dem Schoße; die Köchin stand über das Feuer gebückt und rührte in einer großen Kasserole, die voll Suppe zu sein schien.

„In der Suppe ist gewiß zu viel Pfeffer!" sprach Alice für sich, so gut sie vor Niesen konnte.

Es war wenigstens zu viel in der Luft. Sogar die Herzogin nieste hin und wieder; was das Wickelkind an= belangt, so nieste und schrie es abwechselnd ohne die

geringste Unterbrechung. Die beiden einzigen Wesen in der
Küche, die nicht niesten, waren die Köchin und eine große
Katze, die vor dem Herde saß und grinste, sodaß die
Mundwinkel bis an die Ohren reichten.

„Wollen Sie mir gütigst sagen," fragte Alice etwas
furchtsam, denn sie wußte nicht recht, ob es sich für sie
schicke zuerst zu sprechen, „warum Ihre Katze so grinst?"

„Es ist eine Grinse=Katze," sagte die Herzogin,
„darum! Ferkel!"

Das letzte Wort sagte sie mit solcher Heftigkeit, daß
Alice auffuhr; aber den nächsten Augenblick sah sie, daß
es dem Wickelkinde galt, nicht ihr; sie faßte also Muth
und redete weiter: —

„Ich wußte nicht, daß Katzen manchmal grinsen; ja
ich wußte nicht, daß Katzen überhaupt grinsen können.“

„Sie können es alle,“ sagte die Herzogin, „und die
meisten thun es.“

„Ich kenne keine, die es thut,“ sagte Alice sehr höflich,
da sie ganz froh war, eine Unterhaltung angeknüpft
zu haben.

„Du kennst noch nicht viel,“ sagte die Herzogin, „und
das ist die Wahrheit.“

Alice gefiel diese Bemerkung gar nicht, und sie dachte
daran, welchen andern Gegenstand der Unterhaltung sie
einführen könnte. Während sie sich auf etwas Passendes
besann, nahm die Köchin die Kasserole mit Suppe vom
Feuer und fing sogleich an, Alles was sie erreichen
konnte nach der Herzogin und dem Kinde zu werfen —
die Feuerzange kam zuerst, dann folgte ein Hagel von
Pfannen, Tellern und Schüsseln. Die Herzogin beachtete
sie gar nicht, auch wenn sie sie trafen; und das Kind

heulte schon so laut, daß es unmöglich war zu wissen, ob die Stöße ihm weh thaten oder nicht.

„Oh, bitte, nehmen Sie sich in Acht, was Sie thun!“ rief Alice, die in wahrer Herzensangst hin und her sprang. „Oh, seine liebe kleine Nase!“ als eine besonders große Pfanne dicht daran vorbeifuhr und sie beinah abstieß.

„Wenn Jeder nur vor seiner Thür fegen wollte,“ brummte die Herzogin mit heiserer Stimme, „würde die Welt sich bedeutend schneller drehen, als jetzt.“

„Was kein Vortheil wäre,“ sprach Alice, die sich über die Gelegenheit freute, ihre Kenntnisse zu zeigen. „Denken Sie nur, wie es Tag und Nacht in Unordnung bringen würde! Die Erde braucht doch jetzt vier und zwanzig Stunden, sich um ihre Achse zu drehen —“

Was, du redest von Axt?“ sagte die Herzogin. „Hau' ihr den Kopf ab!“

Alice sah sich sehr erschrocken nach der Köchin um, ob sie den Wink verstehen würde; aber die Köchin rührte die Suppe unverwandt und schien nicht zuzuhören, daher fuhr sie fort: „Vier und zwanzig Stunden, glaube ich; oder sind es zwölf? Ich —“

„Ach, laß mich in Frieden,“ sagte die Herzogin, „ich

habe Zahlen nie ausstehen können!" Und damit fing sie
an, ihr Kind zu warten und eine Art Wiegenlied dazu zu
singen, wovon jede Reihe mit einem derben Puffe für
das Kind endigte: —

> „Schilt deinen kleinen Jungen aus,
> Und schlag' ihn, wenn er niest;
> Er macht es gar so bunt und kraus,
> Nur weil es uns verdrießt."

Chor

(in welchen die Köchin und das Wickelkind einfielen).

„Wau! wau! wau!"

Während die Herzogin den zweiten Vers des Liedes
sang, schaukelte sie das Kind so heftig auf und nieder,
und das arme kleine Ding schrie so, daß Alice kaum die
Worte verstehen konnte: —

> „Ich schelte meinen kleinen Wicht,
> Und schlag' ihn, wenn er niest;
> Ich weiß, wie gern er Pfeffer riecht,
> Wenn's ihm gefällig ist."

Chor.

„Wau! wau! wau!"

„Hier! du kannst ihn ein Weilchen warten, wenn du
willst!" sagte die Herzogin zu Alice, indem sie ihr das
Kind zuwarf. „Ich muß mich zurecht machen, um mit der
Königin Croquet zu spielen," damit rannte sie aus dem
Zimmer.   Die Köchin warf ihr eine Bratpfanne nach;
aber sie verfehlte sie noch eben.

Alice hatte das Kind mit Mühe und Noth auf=
gefangen, da es ein kleines unförmliches Wesen war, das
seine Arme und Beinchen nach allen Seiten ausstreckte,
„gerade wie ein Seestern," dachte Alice.   Das arme kleine
Ding stöhnte wie eine Locomotive, als sie es fing, und
zog sich zusammen und streckte sich wieder aus, so daß sie
es die ersten Paar Minuten nur eben halten konnte.

Sobald sie aber die rechte Art entdeckt hatte, wie
man es tragen mußte (die darin bestand, es zu einer
Art Knoten zu drehen, und es dann fest beim rechten
Ohr und linken Fuß zu fassen, damit es sich nicht wieder
aufwickeln konnte), brachte sie es in's Freie. „Wenn ich
dies Kind nicht mit mir nehme," dachte Alice, „so werden
sie es in wenigen Tagen umgebracht haben; wäre es nicht
Mord, es da zu lassen?" Sie sprach die letzten Worte
laut, und das kleine Geschöpf grunzte zur Antwort (es
hatte mittlerweile aufgehört zu niesen). „Grunze nicht,"

sagte Alice; „es paßt sich gar nicht für dich, dich so
auszudrücken."

Der Junge grunzte wieder, so daß Alice ihm ganz
ängstlich in's Gesicht sah, was ihm eigentlich fehle. Er
hatte ohne Zweifel eine sehr hervorstehende Nase, eher
eine Schnauze als eine wirkliche Nase; auch seine Augen
wurden entsetzlich klein für einen kleinen Jungen: Alles zusammen genommen, gefiel Alice das Aussehen des Kindes
gar nicht. „Aber vielleicht hat es nur geweint," dachte sie
und sah ihm wieder in die Augen, ob Thränen da seien.

Nein, es waren keine Thränen da. „Wenn du ein
kleines Ferkel wirst, höre mal," sagte Alice sehr ernst,
„so will ich nichts mehr mit dir zu schaffen haben, das
merke dir!" Das arme kleine Ding schluchzte (oder grunzte,
es war unmöglich, es zu unterscheiden), und dann gingen
sie eine Weile stillschweigend weiter.

Alice fing eben an, sich zu überlegen: „Nun, was
soll ich mit diesem Geschöpf anfangen, wenn ich es mit
nach Hause bringe?" als es wieder grunzte, so laut, daß
Alice erschrocken nach ihm hinsah. Diesmal konnte sie
sich nicht mehr irren: es war nichts mehr oder weniger
als ein Ferkel, und sie sah, daß es höchst lächerlich für sie
wäre, es noch weiter zu tragen.

Sie setzte also das kleine Ding hin und war ganz froh, als sie es ruhig in den Wald traben sah. „Das wäre in einigen Jahren ein furchtbar häßliches Kind geworden; aber als Ferkel macht es sich recht nett, finde ich." Und so dachte sie  alle Kinder durch, die sie kannte, die gute kleine Ferkel abgeben würden, und sagte ge= rade für sich: „wenn man nur die rechten Mittel wüßte, sie zu verwandeln —" als sie einen Schreck bekam; die Grinse=Katze saß nämlich wenige Fuß von ihr auf einem Baum= zweige.

Die Katze grinste nur, als sie Alice sah. „Sie sieht gutmüthig aus," dachte diese; aber doch hatte sie sehr lange Krallen und eine Menge Zähne. Alice fühlte wohl, daß sie sie rücksichtsvoll behandeln müsse.

„Grinse=Mies," fing sie etwas ängstlich an, da sie

nicht wußte, ob ihr der Name gefallen würde: jedoch
grinste sie noch etwas breiter. „Schön, so weit gefällt
es ihr," dachte Alice und sprach weiter: „willst du mir
wohl sagen, wenn ich bitten darf, welchen Weg ich hier
nehmen muß?"

„Das hängt zum guten Theil davon ab, wohin du
gehen willst," sagte die Katze.

„Es kommt mir nicht darauf an, wohin —" sagte Alice.

„Dann kommt es auch nicht darauf an, welchen Weg
du nimmst," sagte die Katze.

„— wenn ich nur irgendwo hinkomme," fügte
Alice als Erklärung hinzu.

„O, das wirst du ganz gewiß," sagte die Katze,
„wenn du nur lange genug gehest."

Alice sah, daß sie nichts dagegen einwenden konnte;
sie versuchte daher eine andere Frage. „Was für Art
Leute wohnen hier in der Nähe?"

„In der Richtung," sagte die Katze, die rechte Pfote
schwenkend, „wohnt ein Hutmacher, und in jener Rich=
tung," die andere Pfote schwenkend, „wohnt ein Fasel=
hase. Besuche welchen du willst: sie sind beide toll."

„Aber ich mag nicht zu tollen Leuten gehen," be=
merkte Alice.

„Oh, das kannst du nicht ändern," sagte die Katze: „wir sind alle toll hier. Ich bin toll. Du bist toll."

„Woher weißt du, daß ich toll bin?" fragte Alice.

„Du mußt es sein," sagte die Katze, „sonst wärest du nicht hergekommen."

Alice fand durchaus nicht, daß das ein Beweis sei; sie fragte jedoch weiter: „Und woher weißt du, daß du toll bist?"

„Zu allererst," sagte die Katze, „ein Hund ist nicht toll. Das giebst du zu?"

„Zugestanden!" sagte Alice.

„Nun, gut," fuhr die Katze fort, „nicht wahr ein Hund knurrt, wenn er böse ist, und wedelt mit dem Schwanze, wenn er sich freut. Ich hingegen knurre, wenn ich mich freue, und wedle mit dem Schwanze, wenn ich ärgerlich bin. Daher bin ich toll."

„Ich nenne es spinnen, nicht knurren," sagte Alice.

„Nenne es, wie du willst," sagte die Katze. „Spielst du heut Croquet mit der Königin?"

„Ich möchte es sehr gern," sagte Alice, „aber ich bin noch nicht eingeladen worden."

„Du wirst mich dort sehen," sagte die Katze und verschwand.

Alice wunderte sich nicht sehr darüber; sie war so daran gewöhnt, daß sonderbare Dinge geschahen. Während sie noch nach der Stelle hinsah, wo die Katze gesessen hatte, erschien sie plötzlich wieder.

„Uebrigens, was ist aus dem Jungen geworden?" sagte die Katze. „Ich hätte beinah vergessen zu fragen."

„Er ist ein Ferkel geworden," antwortete Alice sehr
ruhig, gerade wie wenn die Katze auf gewöhnliche Weise
zurückgekommen wäre.

„Das dachte ich wohl," sagte die Katze und verschwand
wieder.

Alice wartete noch etwas, halb und halb erwartend,
sie wieder erscheinen zu sehen; aber sie kam nicht, und
ein Paar Minuten nachher ging sie in der Richtung
fort, wo der Faselhase wohnen sollte. „Hutmacher habe
ich schon gesehen," sprach sie zu sich, „der Faselhase wird
viel interessanter sein." Wie sie so sprach, blickte sie auf,
und da saß die Katze wieder auf einem Baumzweige.

„Sagteſt du Ferkel oder Fächer?" fragte ſie. „Ich ſagte
Ferkel," antwortete Alice, „und es wäre mir ſehr lieb,
wenn du nicht immer ſo ſchnell erſcheinen und ver=
ſchwinden wollteſt: du machſt Einen ganz ſchwindlig."

„Schon gut," ſagte die Katze, und diesmal ver=
ſchwand ſie ganz langſam, wobei ſie mit der Schwanzſpitze
anfing und mit dem Grinſen aufhörte, das noch einige
Zeit ſichtbar blieb, nachdem das Uebrige verſchwunden war.

„Oho, ich habe oft eine Katze ohne Grinſen geſehen,"
dachte Alice, „aber ein Grinſen ohne Katze! ſo etwas Merk=
würdiges habe ich in meinem Leben noch nicht geſehen!"

Sie brauchte nicht weit zu gehen, ſo erblickte ſie
das Haus des Faſelhaſen; ſie dachte, es müſſe das rechte
Haus ſein, weil die Schornſteine wie Ohren geformt
waren, und das Dach war mit Pelz gedeckt. Es war
ein ſo großes Haus, daß, ehe ſie ſich näher heran wagte,
ſie ein wenig von dem Stück Pilz in ihrer linken Hand
abknabberte, und ſich bis auf zwei Fuß hoch brachte:
trotzdem näherte ſie ſich etwas furchtſam, für ſich
ſprechend: „Wenn er nur nicht ganz raſend iſt! Wäre
ich doch lieber zu dem Hutmacher gegangen!"

Siebentes · Kapitel.

Die tolle Theegesellschaft.

Vor dem Hause stand ein gedeckter Theetisch, an welchem der Faselhase und der Hutmacher saßen; ein Murmelthier saß zwischen ihnen, fest eingeschlafen, und die beiden Andern benutzten es als Kissen, um ihre Ellbogen darauf zu stützen, und redeten über seinem Kopfe mit einander. „Sehr unbequem für das Murmelthier," dachte Alice; „nun, da es schläft, wird es sich wohl nichts daraus machen."

Der Tisch war groß, aber die Drei saßen dicht zusammengedrängt an einer Ecke: „Kein Platz! Kein Platz!" riefen sie aus, sobald sie Alice kommen sahen. „Ueber und über genug Platz!" sagte Alice unwillig und setzte sich in einen großen Armstuhl am Ende des Tisches.

„Ist dir etwas Wein gefällig?" nöthigte sie der Faselhase.

Alice sah sich auf dem ganzen Tische um, aber es war nichts als Thee darauf. „Ich sehe keinen Wein," bemerkte sie.

„Es ist keiner hier," sagte der Faselhase.

„Dann war es gar nicht höflich von dir, mir wel= chen anzubieten," sagte Alice ärgerlich.

„Es war gar nicht höflich von dir, dich ungebeten herzusetzen," sagte der Faselhase.

„Ich wußte nicht, daß es dein Tisch ist; er ist für viel mehr als drei gedeckt."

„Dein Haar muß verschnitten werden," sagte der Hutmacher. Er hatte Alice eine Zeit lang mit großer Neugierde angesehen, und dies waren seine ersten Worte.

„Du solltest keine persönlichen Bemerkungen machen," sagte Alice mit einer gewissen Strenge, „es ist sehr grob."

Der Hutmacher riß die Augen weit auf, als er dies hörte; aber er sagte weiter nichts als: „Warum ist ein Rabe wie ein Reitersmann?"

„Ei, jetzt wird es Spaß geben," dachte Alice. „Ich bin so froh, daß sie anfangen Räthsel aufzugeben — Ich glaube, das kann ich rathen," fuhr sie laut fort.

„Meinſt du, daß du die Antwort dazu finden kannſt?"
fragte der Faſelhaſe.

„Ja, natürlich," ſagte Alice.

„Dann ſollteſt du ſagen, was du meinſt," ſprach
der Haſe weiter.

„Das thue ich ja," warf Alice ſchnell ein, „wenig=
ſtens — wenigſtens meine ich, was ich ſage — und
das iſt daſſelbe."

„Nicht im Geringſten daſſelbe!" ſagte der Hut=
macher. „Wie, du könnteſt eben ſo gut behaupten, daß

„ich sehe, was ich esse" dasselbe ist wie „ich esse, was ich sehe."

„Du könntest auch behaupten," fügte der Faselhase hinzu, „ich mag, was ich kriege" sei dasselbe wie „ich kriege, was ich mag!"

„Du könntest eben so gut behaupten," fiel das Murmelthier ein, das im Schlafe zu sprechen schien, „ich athme, wenn ich schlafe" sei dasselbe wie „ich schlafe, wenn ich athme!"

„Es ist dasselbe bei dir," sagte der Hutmacher; und damit endigte die Unterhaltung, und die Gesellschaft saß einige Minuten schweigend, während Alice Alles durchdachte, was sie je von Raben und Reitersmännern gehört hatte, und das war nicht viel.

Der Hutmacher brach das Schweigen zuerst. „Den wievielsten haben wir heute?" sagte er, sich an Alice wendend; er hatte seine Uhr aus der Tasche genommen, sah sie unruhig an, schüttelte sie hin und her und hielt sie an's Ohr.

Alice besann sich ein wenig und sagte: „Den vierten."

„Zwei Tage falsch!" seufzte der Hutmacher. „Ich sagte dir ja, daß Butter das Werk verderben würde," setzte er hinzu, indem er den Hasen ärgerlich ansah.

„Es war die beste Butter," sagte der Faselhase de=
müthig.

„Ja, aber es muß etwas Krume mit hinein ge=
rathen sein," brummte der Hutmacher; „du hättest sie
nicht mit dem Brodmesser hinein thun sollen."

Der Faselhase nahm die Uhr und betrachtete sie
trübselig; dann tunkte er sie in seine Tasse Thee und
betrachtete sie wieder, aber es fiel ihm nichts Besseres
ein, als seine erste Bemerkung: „Es war wirklich die
beste Butter."

Alice hatte ihm neugierig über die Schulter gesehen.
„Was für eine komische Uhr!" sagte sie. „Sie zeigt das
Datum, und nicht wie viel Uhr es ist!"

„Warum sollte sie?" brummte der Hase; „zeigt deine
Uhr, welches Jahr es ist?"

„Natürlich nicht," antwortete Alice schnell, „weil es
so lange hintereinander dasselbe Jahr bleibt."

„Und so ist es gerade mit meiner," sagte der Hut=
macher.

Alice war ganz verwirrt. Die Erklärung des Hut=
machers schien ihr gar keinen Sinn zu haben, und doch
waren es deutlich gesprochne Worte. „Ich verstehe dich
nicht ganz," sagte sie, so höflich sie konnte.

„Das Murmelthier schläft schon wieder," sagte der Hutmacher, und goß ihm etwas heißen Thee auf die Nase.

Das Murmelthier schüttelte ungeduldig den Kopf und sagte, ohne die Augen aufzuthun: „Freilich, freilich, das wollte ich eben auch bemerken."

„Hast du das Räthsel schon gerathen?" wandte sich der Hutmacher an Alice.

„Nein, ich gebe es auf," antwortete Alice; „was ist die' Antwort?"

„Davon habe ich nicht die leiseste Ahnung," sagte der Hutmacher.

„Ich auch nicht," sagte der Faselhase.

Alice seufzte verstimmt. „Ich dächte, ihr könntet die Zeit besser anwenden," sagte sie, „als mit Räthseln, die keine Auflösung haben."

„Wenn du die Zeit so gut kenntest wie ich," sagte der Hutmacher, „würdest du nicht davon reden, wie wir sie anwenden, sondern wie sie uns anwendet."

„Ich weiß nicht, was du meinst," sagte Alice.

„Natürlich kannst du das nicht wissen!" sagte der Hutmacher, indem er den Kopf verächtlich in die Höhe warf. „Du hast wahrscheinlich nie mit der Zeit gesprochen."

„Ich glaube kaum," erwiederte Alice vorsichtig; „aber Mama sagte gestern, ich sollte zu meiner kleinen Schwester gehen und ihr die Zeit vertreiben."

„So? das wird sie dir schön übel genommen haben; sie läßt sich nicht gern vertreiben. Aber wenn man gut mit ihr steht, so thut sie Einem beinah Alles zu Gefallen mit der Uhr. Zum Beispiel, nimm den Fall, es wäre 9 Uhr Morgens, gerade Zeit, deine Stunden anzufangen, du brauchtest der Zeit nur den kleinsten Wink zu geben, schnurr! geht die Uhr herum, ehe du dich's versiehst! halb Zwei, Essenszeit!"

(„Ich wünschte, das wäre es!" sagte der Faselhase leise für sich.)

„Das wäre wirklich famos," sagte Alice gedankenvoll, „aber dann würde ich nicht hungrig genug sein, nicht wahr?"

„Zuerst vielleicht nicht," antwortete der Hutmacher, „aber es würde so lange halb Zwei bleiben, wie du wolltest."

„So macht ihr es wohl hier?" fragte Alice.

Der Hutmacher schüttelte traurig den Kopf. „Ich nicht!" sprach er. „Wir haben uns vorige Ostern entzweit — kurz ehe er toll wurde, du weißt doch —

(mit seinem Theelöffel auf den Faselhasen zeigend) — es war in dem großen Concert, das die Coeur-Königin gab; ich mußte singen:

„O Papagei, o Papagei!
Wie grün sind deine Federn!"

Vielleicht kennst du das Lied?"

„Ich habe etwas dergleichen gehört," sage Alice.

„Es geht weiter," fuhr der Hutmacher fort:

„Du grünst nicht nur zur Friedenszeit,
Auch wenn es Teller und Töpfe schneit.
O Papagei, o Papagei —"

Hier schüttelte sich das Murmelthier und fing an im Schlaf zu singen: „O Papagei, o Mamagei, o Papagei, o Mamagei —" in einem fort, so daß sie es zuletzt kneifen mußten, damit es nur aufhöre.

„Denke dir, ich hatte kaum den ersten Vers fertig," sagte der Hutmacher, „als die Königin ausrief: Abscheulich! der Mensch schlägt geradezu die Zeit todt mit seinem Geplärre. Aufgehängt soll er werden!"

„Wie furchtbar grausam!" rief Alice.

„Und seitdem," sprach der Hutmacher traurig weiter, „hat sie mir nie etwas zu Gefallen thun wollen, die Zeit! Es ist nun immer sechs Uhr!"

Dies brachte Alice auf einen klugen Gedanken. „Darum sind wohl so viele Tassen hier herumgestellt?" fragte sie.

„Ja, darum," sagte der Hutmacher mit einem Seufzer, „es ist immer Theestunde, und wir haben keine Zeit, die Tassen dazwischen aufzuwaschen."

„Dann rückt ihr wohl herum? sagte Alice.

„So ist es," sagte der Hutmacher, „wenn die Tassen genug gebraucht sind."

„Aber wenn ihr wieder an den Anfang kommt?" unterstand sich Alice zu fragen.

„Wir wollen jetzt von etwas Anderem reden," unter=
brach sie der Faselhase gähnend, „dieser Gegenstand ist
mir nachgerade langweilig. Ich schlage vor, die junge
Dame erzählt eine Geschichte."

„O, ich weiß leider keine," rief Alice, ganz bestürzt
über diese Zumuthung.

„Dann soll das Murmelthier erzählen!" riefen beide;
„wache auf, Murmelthier!" dabei kniffen sie es von beiden
Seiten zugleich.

Das Murmelthier machte langsam die Augen auf.
„Ich habe nicht geschlafen," sagte es mit heiserer, schwacher
Stimme, „ich habe jedes Wort gehört, das ihr Jungen
gesagt habt."

„Erzähle uns eine Geschichte!" sagte der Faselhase.

„Ach ja, sei so gut!" bat Alice.

„Und mach schnell," fügte der Hutmacher hinzu,
„sonst schläfst du ein, ehe sie zu Ende ist."

„Es waren einmal drei kleine Schwestern," fing das
Murmelthier eilig an, „die hießen Else, Lacie und Tillie,
und sie lebten tief unten in einem Brunnen —"

„Wovon lebten sie?" fragte Alice, die sich immer für
Essen und Trinken sehr interessirte.

„Sie lebten von Syrup," versetzte das Murmelthier, nachdem es sich eine Minute besonnen hatte.

„Das konnten sie ja aber nicht," bemerkte Alice schüchtern, „da wären sie ja krank geworden."

„Das wurden sie auch," sagte das Murmelthier, „sehr krank."

Alice versuchte es sich vorzustellen, wie eine so außergewöhnliche Art zu leben wohl sein möchte; aber es kam ihr zu kurios vor, sie mußte wieder fragen: „Aber warum lebten sie unten in dem Brunnen?"

„Willst du nicht ein wenig mehr Thee?" sagte der Faselhase sehr ernsthaft zu Alice.

„Ein wenig mehr? ich habe noch keinen gehabt," antwortete Alice etwas empfindlich, „also kann ich nicht noch m e h r trinken."

„Du meinst, du kannst nicht w e n i g e r trinken," sagte der Hutmacher: „es ist sehr leicht, m e h r als keinen zu trinken."

„Niemand hat dich um deine Meinung gefragt," sagte Alice.

„Wer macht denn nun persönliche Bemerkungen?" rief der Hutmacher triumphirend.

Alice wußte nicht recht, was sie darauf antworten

sollte; sie nahm sich daher etwas Thee und Butter=
brot, und dann wandte sie sich an das Murmelthier und
wiederholte ihre Frage: „Warum lebten sie in einem
Brunnen?"

Das Murmelthier besann sich einen Augenblick und
sagte dann: „Es war ein Syrup=Brunnen."

„Den giebt es nicht!" fing Alice sehr ärgerlich an;
aber der Hutmacher und Faselhase machten beide: „Sch,
sch!" und das Murmelthier bemerkte brummend: „Wenn
du nicht höflich sein kannst, kannst du die Geschichte
selber auserzählen."

„Nein, bitte, erzähle weiter!" sagte Alice ganz be=
scheiden; „ich will dich nicht wieder unterbrechen. Es
wird wohl e i n e n geben."

„E i n e n, wirklich!" sagte das Murmelthier entrüstet.
Doch ließ es sich zum Weitererzählen bewegen. „Also die
drei kleinen Schwestern — sie lernten zeichnen, müßt
ihr wissen —"

„Was zeichneten sie?" sagte Alice, ihr Versprechen
ganz vergessend.

„Syrup," sagte das Murmelthier, diesmal ganz ohne
zu überlegen.

„Ich brauche eine reine Tasse," unterbrach der Hut=
macher, „wir wollen Alle einen Platz rücken."

Er rückte, wie er das sagte, und das Murmelthier
folgte ihm; der Faselhase rückte an den Platz des
Murmelthiers, und Alice nahm, obgleich etwas ungern,
den Platz des Faselhasen ein. Der Hutmacher war der
Einzige, der Vortheil von diesem Wechsel hatte, und
Alice hatte es viel schlimmer als zuvor, da der Fasel=
hase eben den Milchtopf über seinen Teller umgestoßen
hatte.

Alice wollte das Murmelthier nicht wieder beleidigen
und fing daher sehr vorsichtig an: „Aber ich verstehe
nicht. Wie konnten sie den Syrup zeichnen?"

„Als ob nicht aller Syrup gezeichnet wäre, den
man vom Kaufmann holt," sagte der Hutmacher; „hast
du nicht immer darauf gesehen: feinste Qualität, aller=
feinste Qualität, superfeine Qualität — oh, du kleiner
Dummkopf?"

„Wie gesagt, fuhr das Murmelthier fort, lernten sie
zeichnen;" hier gähnte es und rieb sich die Augen, denn
es fing an, sehr schläfrig zu werden; „und sie zeichneten
Allerlei — Alles was mit M. anfängt —"

„Warum mit M?" fragte Alice.

„Warum nicht?" sagte der Faselhase.

Alice war still.

Das Murmelthier hatte mittlerweile die Augen zu-
gemacht, und war halb eingeschlafen; da aber der Hutmacher es zwickte, wachte es mit einem leisen Schrei
auf und sprach weiter: — „was mit M anfängt, wie
Mausefallen, den Mond, Mangel, und manches Mal —
ihr wißt, man sagt: ich habe das manches liebe Mal
gethan — hast du je manches liebe Mal gezeichnet
gesehen?"

„Wirklich, da du mich selbst fragst," sagte Alice ganz
verwirrt, „ich denke kaum — "

„Dann solltest du auch nicht reden," sagte der Hutmacher.

Dies war nachgerade zu grob für Alice: sie stand
ganz beleidigt auf und ging fort; das Murmelthier
schlief augenblicklich wieder ein, und die beiden Andern
beachteten ihr Fortgehen nicht, obgleich sie sich ein paar
Mal umsah, halb in der Hoffnung, daß sie sie zurück-
rufen würden. Als sie sie zuletzt sah, versuchten sie das
Murmelthier in die Theekanne zu stecken.

„Auf keinen Fall will ich da je wieder hingehen!"
sagte Alice, während sie sich einen Weg durch den Wald

suchte. „Es ist die dümmste Theegesellschaft, in der ich in meinem ganzen Leben war!"

Gerade wie sie so sprach, bemerkte sie, daß einer der Bäume eine kleine Thür hatte. „Das ist höchst komisch!" dachte sie. „Aber Alles ist heute komisch! Ich will lieber gleich hinein gehen."

Wie gesagt, so gethan: und sie befand sich wieder in dem langen Corridor, und dicht bei dem kleinen Glastische. „Diesmal will ich es gescheidter anfangen," sagte sie zu sich selbst, nahm das goldne Schlüsselchen und schloß die Thür auf, die in den Garten führte.

Sie machte sich daran, an dem Pilz zu knabbern (sie hatte ein Stückchen in ihrer Tasche behalten), bis sie ungefähr einen Fuß hoch war, dann ging sie den kleinen Gang hinunter; und dann — war sie endlich in dem schönen Garten, unter den prunkenden Blumenbeeten und kühlen Springbrunnen.

Achtes Kapitel.

Das Croquetfeld der Königin.

~~~~~~

Ein großer hochstämmiger Rosenstrauch stand nahe beï'm Eingang; die Rosen, die darauf wuchsen, waren weiß, aber drei Gärtner waren damit beschäftigt, sie roth zu malen. Alice kam dies wunderbar vor, und da sie näher hinzutrat, um ihnen zuzusehen, hörte sie einen von ihnen sagen: „Nimm dich in Acht, Fünf! Bespritze mich nicht so mit Farbe!"

„Ich konnte nicht dafür," sagte Fünf in verdrießlichem Tone; „Sieben hat mich an den Ellbogen gestoßen."

Worauf Sieben aufsah und sagte: „Recht so, Fünf! Schiebe immer die Schuld auf andre Leute!"

„Du sei nur ganz still!" sagte Fünf. „Gestern erst hörte ich die Königin sagen, du verdientest geköpft zu werden!"

„Wofür?" fragte der, welcher zuerst gesprochen hatte.

„Das geht dich nichts an, Zwei!" sagte Sieben.

„Ja, es geht ihn an!" sagte Fünf, „und ich werde es ihm sagen — dafür, daß er dem Koch Tulpenzwiebeln statt Küchenzwiebeln gebracht hat."

Sieben warf seinen Pinsel hin und hatte eben angefangen: „Ist je eine ungerechtere Anschuldigung —" als sein Auge zufällig auf Alice fiel, die ihnen zuhörte; er hielt plötzlich inne, die andern sahen sich auch um, und sie verbeugten sich Alle tief.

„Wollen Sie so gut sein, mir zu sagen," sprach Alice etwas furchtsam, „warum Sie diese Rosen malen?"

Fünf und Sieben antworteten nichts, sahen aber Zwei an. Zwei fing mit leiser Stimme an: „Die Wahrheit zu gestehen, Fräulein, dies hätte hier ein r o t h e r Rosenstrauch sein sollen, und wir haben aus Versehen einen weißen gepflanzt, und wenn die Königin es gewahr würde, würden wir Alle geköpft werden, müssen Sie wissen. So, sehen Sie Fräulein, versuchen wir, so gut es geht, ehe sie kommt —" In dem Augenblick rief Fünf, der ängstlich tiefer in den Garten hinein gesehen hatte: „Die Königin! die Königin!" und die drei Gärtner warfen sich sogleich flach auf's Gesicht. Es entstand ein Geräusch von vielen Schritten, und Alice blickte neugierig hin, die Königin zu sehen.

Zuerst kamen zehn Soldaten, mit Keulen bewaffnet, sie hatten alle dieselbe Gestalt wie die Gärtner, recht= eckig und flach, und an den vier Ecken die Hände und Füße; danach kamen zehn Herren vom Hofe, sie waren über und über mit Diamanten bedeckt und gingen paarweise, wie die Soldaten. Nach diesen kamen die königlichen Kinder, es waren ihrer zehn, und die lie= ben Kleinen kamen lustig gesprungen Hand in Hand,

paarweise, sie waren ganz mit Herzen geschmückt. Dar=
auf kamen die Gäste, meist Könige und Königinnen,
und unter ihnen erkannte Alice das weiße Kaninchen;
es unterhielt sich in etwas eiliger und aufgeregter Weise,
lächelte bei Allem, was gesagt wurde und ging vorbei,
ohne sie zu bemerken. Darauf folgte der Coeur=Bube,
der die königliche Krone auf einem rothen Sammetkissen
trug, und zuletzt in diesem großartigen Zuge kamen d e r
H e r z e n s k ö n i g u n d d i e H e r z e n s k ö n i g i n.

Alice wußte nicht recht, ob sie sich nicht flach auf's
Gesicht legen müsse, wie die drei Gärtner; aber sie
konnte sich nicht erinnern, je von einer solchen Sitte bei
Festzügen gehört zu haben. „Und außerdem, wozu gäbe
es überhaupt Aufzüge," dachte sie, „wenn alle Leute
flach auf dem Gesichte liegen müßten, so daß sie sie
nicht sehen könnten?" Sie blieb also stehen, wo sie war,
und wartete.

Als der Zug bei ihr angekommen war, blieben Alle
stehen und sahen sie an, und die Königin sagte strenge:
„Wer ist das?" Sie hatte den Coeur=Buben gefragt,
der statt aller Antwort nur lächelte und Kratzfüße
machte.

„Schafskopf!" sagte die Königin, den Kopf unge=

duldig zurückwerfend; und zu Alice gewandt fuhr sie
fort: „Wie heißt du, Kind?“

„Mein Name ist Alice, Euer Majestät zu dienen!“
sagte Alice sehr höflich; aber sie dachte bei sich: „Ach

was, es ist ja nur ein Pack Karten. Ich brauche mich nicht vor ihnen zu fürchten!"

„Und wer sind diese drei?" fuhr die Königin fort, indem sie auf die drei Gärtner zeigte, die um den Rosenstrauch lagen; denn natürlich, da sie auf dem Gesichte lagen und das Muster auf ihrer Rückseite dasselbe war wie für das ganze Pack, so konnte sie nicht wissen, ob es Gärtner oder Soldaten oder Herren vom Hofe oder drei von ihren eigenen Kindern waren.

„Woher soll ich das wissen?" sagte Alice, indem sie sich selbst über ihren Muth wunderte. „Es ist nicht meines Amtes."

Die Königin wurde purpurroth vor Wuth, und nachdem sie sie einen Augenblick wie ein wildes Thier angestarrt hatte, fing sie an zu brüllen: „Ihren Kopf ab! ihren Kopf —"

„Unsinn!" sagte Alice sehr laut und bestimmt, und die Königin war still.

Der König legte seine Hand auf ihren Arm und sagte milde: „Bedenke, meine Liebe, es ist nur ein Kind!"

Die Königin wandte sich ärgerlich von ihm ab und sagte zu dem Buben: „Dreh' sie um!"

Der Bube that es, sehr sorgfältig, mit einem Fuße.

„Steht auf!" schrie die Königin mit durchdringender Stimme, und die drei Gärtner sprangen sogleich auf und fingen an sich zu verneigen vor dem König, der Königin, den königlichen Kindern, und Jedermann.

„Laßt das sein!" eiferte die Königin. „Ihr macht mich schwindlig." Und dann, sich nach dem Rosenstrauch umdrehend, fuhr sie fort: „Was habt ihr hier gethan?"

„Euer Majestät zu dienen," sagte Zwei in sehr demüthigem Tone und sich auf ein Knie niederlassend, „wir haben versucht —"

„Ich sehe!" sagte die Königin, die unterdessen die Rosen untersucht hatte. „Ihre Köpfe ab!" und der Zug bewegte sich fort, während drei von den Soldaten zu= rückblieben um die unglücklichen Gärtner zu enthaupten, welche zu Alice liefen und sie um Schutz baten.

„Ihr sollt nicht getödtet werden!" sagte Alice, und damit steckte sie sie in einen großen Blumentopf, der in der Nähe stand. Die drei Soldaten gingen ein Weilchen hier= und dorthin, um sie zu suchen, und dann schlossen sie sich ruhig wieder den Andern an.

„Sind ihre Köpfe gefallen?" schrie die Königin sie an.

„Ihre Köpfe sind fort, zu Euer Majestät Befehl!" schrien die Soldaten als Antwort.

„Das ist gut!" schrie die Königin. „Kannst du
Croquet spielen?"

Die Soldaten waren still und sahen Alice an, da
die Frage augenscheinlich an sie gerichtet war.

„Ja!" schrie Alice.

„Dann komm mit!" brüllte die Königin, und Alice
schloß sich dem Zuge an, sehr neugierig, was nun ge=
schehen werde.

„Es ist — es ist ein sehr schöner Tag!" sagte eine
schüchterne Stimme neben ihr. Sie ging neben dem
weißen Kaninchen, das ihr ängstlich in's Gesicht sah.

„Sehr," sagte Alice; — „wo ist die Herzogin?"

„Still! still!" sagte das Kaninchen in einem leisen,
schnellen Tone. Es sah dabei ängstlich über seine
Schulter, stellte sich dann auf die Zehen, hielt den
Mund dicht an Alice's Ohr und wisperte: „Sie ist
zum Tode verurtheilt."

„Wofür?" fragte diese.

„Sagtest du: wie Schade?" fragte das Kaninchen.

„Nein, das sagte ich nicht," sagte Alice, „ich finde
gar nicht, daß es Schade ist. Ich sagte: wofür?"

„Sie hat der Königin eine Ohrfeige gegeben —"
fing das Kaninchen an. Alice lachte hörbar. „Oh still!"

flüsterte das Kaninchen in sehr erschrecktem Tone. „Die
Königin wird dich hören! Sie kam nämlich etwas spät,
und die Königin sagte —"

„Macht, daß ihr an
eure Plätze kommt!"
donnerte die Königin,
und Alle fingen an in
allen Richtungen durch=
einander zu laufen,
wobei sie Einer über
den Andern stolperten;
jedoch nach ein bis
zwei Minuten waren
sie in Ordnung, und
das Spiel fing an.

Alice dachte bei
sich, ein so merkwürdiges Croquet=Feld habe sie in
ihrem Leben nicht gesehen; es war voller Erhöhungen
und Furchen, die Kugeln waren lebendige Igel, und
die Schlägel lebendige Flamingos, und die Soldaten
mußten sich umbiegen und auf Händen und Füßen
stehen, um die Bogen zu bilden.

Die Hauptschwierigkeit, die Alice zuerst fand, war,

den Flamingo zu handhaben; sie konnte zwar ziemlich bequem seinen Körper unter ihrem Arme festhalten, so daß die Füße herunterhingen, aber wenn sie eben seinen Hals schön ausgestreckt hatte, und dem Igel nun einen Schlag mit seinem Kopf geben wollte, so richtete er sich auf und sah ihr mit einem so verdutzten Ausdruck in's Gesicht, daß sie sich nicht enthalten konnte laut zu lachen. Wenn sie nun seinen Kopf herunter gebogen hatte und eben wieder anfangen wollte zu spielen, so fand sie zu ihrem großen Verdruß, daß der Igel sich aufgerollt hatte und eben fortkroch; außerdem war ge= wöhnlich eine Erhöhung oder eine Furche gerade da im Wege, wo sie den Igel hinrollen wollte, und da die um= gebogenen Soldaten fortwährend aufstanden und an eine andere Stelle des Grasplatzes gingen, so kam Alice bald zu der Ueberzeugung, daß es wirklich ein sehr schweres Spiel sei.

Die Spieler spielten Alle zugleich, ohne zu warten, bis sie an der Reihe waren; dabei stritten sie sich im= merfort und zankten um die Igel, und in sehr kurzer Zeit war die Königin in der heftigsten Wuth, stampfte mit den Füßen und schrie: „Schlagt ihm den Kopf ab!" oder: „Schlagt ihr den Kopf ab!" ungefähr ein Mal jede Minute.

Alice fing an, sich sehr unbehaglich zu fühlen, sie hatte zwar noch keinen Streit mit der Königin gehabt, aber sie wußte, daß sie keinen Augenblick sicher davor war, „und was," dachte sie, „würde dann aus mir werden? die Leute hier scheinen schrecklich gern zu köpfen; es ist das größte Wunder, daß überhaupt noch welche am Leben geblieben sind!" Sie sah sich nach einem Ausgange um und überlegte, ob sie sich wohl ohne gesehen zu werden, fortschleichen könne, als sie eine merkwürdige Erscheinung in der Luft wahrnahm: sie schien ihr zuerst ganz räthselhaft, aber nachdem sie sie ein Paar Minuten beobachtet hatte, erkannte sie, daß es ein Grinsen war, und sagte bei sich: „Es ist die Grinse-Katze; jetzt werde ich Jemand haben, mit dem ich sprechen kann."

„Wie geht es dir?" sagte die Katze, sobald Mund genug da war, um damit zu sprechen.

Alice wartete, bis die Augen erschienen, und nickte ihr zu. „Es nützt nichts mit ihr zu reden," dachte sie, „bis ihre Ohren gekommen sind, oder wenigstens eins." Den nächsten Augenblick erschien der ganze Kopf; da setzte Alice ihren Flamingo nieder und fing ihren Bericht von dem Spiele an, sehr froh, daß sie Jemand zum

Zuhören hatte. Die Katze schien zu glauben, daß jetzt genug von ihr sichtbar sei, und es erschien weiter nichts.

„Ich glaube, sie spielen gar nicht gerecht," fing Alice in etwas klagendem Tone an, „und sie zanken sich Alle so entsetzlich, daß man sein eigenes Wort nicht hören kann — und dann haben sie gar keine Spiel= regeln, wenigstens wenn sie welche haben, so beobachtet sie Niemand — und du hast keine Idee, wie es Einen verwirrt, daß alle Croquet=Sachen lebendig sind; zum Beispiel da ist der Bogen, durch den ich das nächste Mal spielen muß, und geht am andern Ende des Gras= platzes spazieren — und ich hätte den Igel der Königin noch eben treffen können, nur daß er fortrannte, als er meinen kommen sah!"

„Wie gefällt dir die Königin?" fragte die Katze leise.

„Ganz und gar nicht," sagte Alice, „sie hat so sehr viel —" da bemerkte sie eben, daß die Königin dicht hinter ihr war und zuhörte, also setzte sie hinzu: „Aus= sicht zu gewinnen, daß es kaum der Mühe werth ist, das Spiel auszuspielen."

Die Königin lächelte und ging weiter.

„Mit wem redest du da?" sagte der König, indem

er an Alice herantrat und mit großer Neugierde den
Katzenkopf ansah.

„Es ist einer meiner Freunde — ein Grinse-Kater,"
sagte Alice; „erlauben Eure Majestät, daß ich ihn
Ihnen vorstelle."

„Sein Aussehen gefällt mir gar nicht," sagte der
König; „er mag mir jedoch die Hand küssen, wenn er
will."

„O, lieber nicht!" versetzte der Kater.

„Sei nicht so impertinent," sagte der König, „und
sieh mich nicht so an!" Er stellte sich hinter Alice, als
er dies sagte.

„Der Kater sieht den König an, der König sieht
den Kater an," sagte Alice, „das habe ich irgendwo ge=
lesen, ich weiß nur nicht mehr wo."

„Fort muß er," sagte der König sehr entschieden,
und rief der Königin zu, die gerade vorbeiging: „Meine
Liebe! ich wollte, du ließest diesen Kater fortschaffen!"

Die Königin kannte nur eine Art, alle Schwierig=
keiten, große und kleine, zu beseitigen. „Schlagt ihm
den Kopf ab!" sagte sie, ohne sich einmal umzusehen.

„Ich werde den Henker selbst holen," sagte der
König eifrig und eilte fort.

Alice dachte, sie wollte lieber zurück gehen und sehen, wie es mit dem Spiele stehe, da sie in der Entfernung die Stimme der Königin hörte, die vor Wuth außer sich war. Sie hatte sie schon drei Spieler zum Tode verurtheilen hören, weil sie ihre Reihe verfehlt hatten, und der Stand der Dinge behagte ihr gar nicht, da das Spiel in solcher Verwirrung war, daß sie nie wußte, ob sie an der Reihe sei oder nicht. Sie ging also, sich nach ihrem Igel umzusehen.

Der Igel war im Kampfe mit einem andern Igel, was Alice eine vortreffliche Gelegenheit schien, einen mit dem andern zu treffen; die einzige Schwierigkeit war, daß ihr Flamingo nach dem andern Ende des Gartens gegangen war, wo Alice eben sehen konnte, wie er höchst ungeschickt versuchte, auf einen Baum zu fliegen.

Als sie den Flamingo gefangen und zurückgebracht hatte, war der Kampf vorüber und die beiden Igel nirgends zu sehen. „Aber es kommt nicht drauf an," dachte Alice, „da alle Bogen auf dieser Seite des Grasplatzes fortgegangen sind." Sie steckte also ihren Flamingo unter den Arm, damit er nicht wieder fortliefe, und ging zurück, um mit ihrem Freunde weiter zu schwatzen.

Als sie zum Cheshire-Kater zurück kam, war sie sehr
erstaunt, einen großen Auflauf um ihn versammelt zu
sehen: es fand ein großer Wortwechsel statt zwischen
dem Henker, dem Könige und der Königin, welche alle
drei zugleich sprachen, während die Uebrigen ganz still
waren und sehr ängstlich aussahen.

Sobald Alice erschien, wurde sie von allen dreien aufgefordert, den streitigen Punkt zu entscheiden, und sie wiederholten ihr ihre Beweisgründe, obgleich, da alle zugleich sprachen, man kaum verstehen konnte, was jeder Einzelne sagte.

Der Henker behauptete, daß man keinen Kopf abschneiden könne, wo kein Körper sei, von dem man ihn abschneiden könne; daß er so etwas noch nie gethan habe, und jetzt über die Jahre hinaus sei, wo man etwas Neues lerne.

Der König behauptete, daß Alles, was einen Kopf habe, geköpft werden könne, und daß man nicht so viel Unsinn schwatzen solle.

Die Königin behauptete, daß wenn nicht in weniger als keiner Frist etwas geschehe, sie die ganze Gesell= schaft würde köpfen lassen. (Diese letztere Bemerkung hatte der Versammlung ein so ernstes und ängstliches Aussehen gegeben.)

Alice wußte nichts Besseres zu sagen als: „Er gehört der Herzogin, es wäre am besten, sie zu fragen."

„Sie ist im Gefängniß," sagte die Königin zum Henker, „hole sie her." Und der Henker lief davon wie ein Pfeil.

Da wurde der Kopf des Katers undeutlicher und
undeutlicher; und gerade in dem Augenblicke, als der
Henker mit der Herzogin zurück kam, verschwand er
gänzlich; der König und der Henker liefen ganz wild
umher, ihn zu suchen, während die übrige Gesellschaft
zum Spiele zurückging.

―――――⋅❖⋅―――――

Neuntes Kapitel.
Die Geschichte der falschen Schildkröte.

~~~~~~

„Du kannst dir gar nicht denken, wie froh ich bin, dich wieder zu sehen, du liebes altes Herz!" sagte die Herzogin, indem sie Alice liebevoll unterfaßte, und beide zusammen fortspazierten.

Alice war sehr froh, sie bei so guter Laune zu finden, und dachte bei sich, es wäre vielleicht nur der Pfeffer, der sie so böse gemacht habe, als sie sich zuerst in der Küche trafen. „Wenn ich Herzogin bin," sagte sie für sich (doch nicht in sehr hoffnungsvollem Tone), „will ich gar keinen Pfeffer in meiner Küche dulden. Suppe schmeckt sehr gut ohne — Am Ende ist es immer Pfeffer, der die Leute heftig macht," sprach sie weiter, sehr glücklich, eine neue Art Regel erfunden zu haben, „und Essig, der sie sauertöpfisch macht — und

Kamillenthee, der sie bitter macht — und Gerstenzucker und dergleichen, was Kinder zuckersüß macht. Ich wünschte nur, die großen Leute wüßten das, dann würden sie nicht so sparsam damit sein —"

Sie hatte unterdessen die Herzogin ganz vergessen und schrak förmlich zusammen, als sie deren Stimme dicht an ihrem Ohre hörte. „Du denkst an etwas, meine Liebe, und vergißt darüber zu sprechen. Ich kann dir diesen Augenblick nicht sagen, was die Moral davon ist, aber es wird mir gleich einfallen."

„Vielleicht hat es keine," hatte Alice den Muth zu sagen.

„Still, still, Kind!" sagte die Herzogin. „Alles hat seine Moral, wenn man sie nur finden kann." Dabei drängte sie sich dichter an Alice heran.

Alice mochte es durchaus nicht gern, daß sie ihr so nahe kam: erstens, weil die Herzogin sehr häßlich war, und zweitens, weil sie gerade groß genug war, um ihr Kinn auf Alice's Schulter zu stützen, und es war ein unangenehm spitzes Kinn. Da sie aber nicht gern unhöflich sein wollte, so ertrug sie es, so gut sie konnte.

„Das Spiel ist jetzt besser im Gange," sagte sie, um die Unterhaltung fortzuführen.

„So iſt es," ſagte die Herzogin, „und die Moral davon iſt — Mit Liebe und Geſange hält man die Welt im Gange!"

„Wer ſagte denn," flüſterte Alice, „es geſchehe da=durch, daß Jeder vor ſeiner Thüre fege."

„Ah, ſehr gut, das bedeutet ungefähr daſſelbe," ſagte die Herzogin, und indem ſie ihr · ſpitzes kleines Kinn in Alice's Schulter einbohrte, fügte ſie hinzu

„und die Moral davon ist — So viel Köpfe, so viel Sinne."

„Wie gern sie die Moral von Allem findet!" dachte Alice bei sich.

„Du wunderst dich wahrscheinlich, warum ich meinen Arm nicht um deinen Hals lege," sagte die Herzogin nach einer Pause; „die Wahrheit zu gestehen, ich traue der Laune deines Flamingos nicht ganz. Soll ich es versuchen?"

„Er könnte beißen," erwiederte Alice weislich, da sie sich keineswegs danach sehnte, das Experiment zu versuchen.

„Sehr wahr," sagte die Herzogin, „Flamingos und Senf beißen beide. Und die Moral davon ist: Gleich und Gleich gesellt sich gern."

„Aber der Flamingo ist ja ein Vogel und Senf ist kein Vogel," wandte Alice ein.

„Ganz recht, wie immer," sagte die Herzogin, „wie deutlich du Alles ausdrücken kannst."

„Es ist, glaube ich, ein Mineral," sagte Alice.

„Versteht sich," sagte die Herzogin, die Allem, was Alice sagte, beizustimmen schien, „in dem großen Senf= Bergwerk hier in der Gegend sind ganz vorzüglich gute

Minen. Und die Moral davon iſt, daß wir gute Miene
zum böſen Spiel machen müſſen.“

„O, ich weiß!“ rief Alice aus, die die letzte Bemer=
kung ganz überhört hatte, „es iſt eine Pflanze. Es
ſieht nicht ſo aus, aber es iſt eine.“

„Ich ſtimme dir vollkommen bei,“ ſagte die Herzo=
gin, „und die Moral davon iſt: Sei was du zu ſchei=
nen wünſcheſt! — oder einfacher ausgedrückt: Bilde
dir nie ein verſchieden von dem zu ſein was Anderen
erſcheint daß was du wareſt oder geweſen ſein möchteſt
nicht verſchieden von dem war daß was du geweſen
wareſt ihnen erſchienen wäre als wäre es verſchieden.“

„Ich glaube, ich würde das beſſer verſtehen,“ ſagte
Alice ſehr höflich, „wenn ich es aufgeſchrieben hätte; ich
kann nicht ganz folgen, wenn Sie es ſagen.“

„Das iſt noch gar nichts dagegen, was ich ſagen
könnte, wenn ich wollte,“ antwortete die Herzogin in
ſelbſtzufriedenem Tone.

„Bitte, bemühen Sie ſich nicht, es noch länger zu
ſagen!“ ſagte Alice.

„O, ſprich nicht von Mühe!“ ſagte die Herzogin,
„ich will dir Alles, was ich bis jetzt geſagt habe,
ſchenken.“

„Eine wohlfeile Art Geschenke!" dachte Alice, „ich bin froh, daß man nicht solche Geburtsgeschenke macht!" Aber sie getraute sich nicht, es laut zu sagen.

„Wieder in Gedanken?" fragte die Herzogin und grub ihr spitzes kleines Kinn tiefer ein.

„Ich habe das Recht, in Gedanken zu sein, wenn ich will," sagte Alice gereizt, denn die Unterhaltung fing an, ihr langweilig zu werden.

„Gerade so viel Recht," sagte die Herzogin, „wie Ferkel zum Fliegen, und die M —"

Aber, zu Alice's großem Erstaunen stockte hier die Stimme der Herzogin, und zwar mitten in ihrem Lieb= lingsworte „Moral", und der Arm, der in dem ihrigen ruhte, fing an zu zittern. Alice sah auf, und da stand die Königin· vor ihnen, mit über der Brust gekreuzten Armen, schwarzblickend wie ein Gewitter.

„Ein schöner Tag, Majestät!" fing die Herzogin mit leiser schwacher Stimme an.

„Ich will Sie schön gewarnt haben," schrie die Kö= nigin und stampfte dabei mit dem Fuße: „Fort augen= blicklich, entweder mit Ihnen oder mit Ihrem Kopfe! Wählen Sie!"

Die Herzogin wählte und verschwand eilig.

„Wir wollen weiter spielen," sagte die Königin zu
Alice, und diese, viel zu erschrocken, ein Wort zu er=
wiedern, folgte ihr langsam nach dem Croquet=Felde.

Die übrigen Gäste hatten die Abwesenheit der
Königin benutzt, um im Schatten auszuruhen; sobald
sie sie jedoch kommen sahen, eilten sie augenblicklich
zum Spiele zurück, indem die Königin einfach bemerkte,
daß eine Minute Verzug ihnen das Leben kosten würde.

Die ganze Zeit, wo sie spielten, hörte die Königin
nicht auf, mit den andern Spielern zu zanken und zu
schreien: „Schlagt ihm den Kopf ab!" oder: „Schlagt
ihr den Kopf ab!" Diejenigen, welche sie verurtheilt
hatte, wurden von den Soldaten in Verwahrsam ge=
führt, die natürlich dann aufhören mußten, die Bogen
zu bilden, so daß nach ungefähr einer halben Stunde
keine Bogen mehr übrig waren, und alle Spieler, außer
dem Könige, der Königin und Alice, in Verwahrsam
und zum Tode verurtheilt waren.

Da hörte die Königin, ganz außer Athem, auf,
und sagte zu Alice: „Hast du die Falsche Schild=
kröte schon gesehen?"

„Nein," sagte Alice. „Ich weiß nicht einmal, was
eine Falsche Schildkröte ist."

„Es ist das, woraus falsche Schildkrötensuppe ge=
macht wird," sagte die Königin.

„Ich habe weder eine gesehen, noch von einer gehört,"
sagte Alice.

„Komm schnell," sagte die Königin, „sie soll dir
ihre Geschichte erzählen."

Als sie mit einander fortgingen, hörte Alice den
König leise zu der ganzen Versammlung sagen: „Ihr
seid Alle begnadigt!" „Ach, das ist ein Glück!" sagte
sie für sich, denn sie war über die vielen Enthauptun=
gen, welche die Königin angeordnet hatte, ganz außer
sich gewesen.

Sie kamen bald zu einem Greifen, der in der Sonne
lag und schlief. (Wenn ihr nicht wißt, was ein Greif
ist, seht euch das Bild an.) „Auf, du Faulpelz," sagte
die Königin, „und bringe dies kleine Fräulein zu der
falschen Schildkröte, sie möchte gern ihre Geschichte hören.
Ich muß zurück und nach einigen Hinrichtungen sehen,
die ich angeordnet habe;" damit ging sie fort und ließ
Alice mit dem Greifen allein. Der Anblick des Thieres
gefiel Alice nicht recht; aber im Ganzen genommen, dachte
sie, würde es eben so sicher sein, bei ihm zu bleiben,
als dieser grausamen Königin zu folgen, sie wartete also.

Der Greif richtete sich auf und rieb sich die Augen: darauf sah er der Königin nach, bis sie verschwunden war; dann schüttelte er sich. „Ein köstlicher Spaß!“ sagte der Greif, halb zu sich selbst, halb zu Alice.

„Was ist ein Spaß?“ fragte Alice.

„Sie,“ sagte der Greif. „Es ist Alles ihre Einbildung, das: Niemand wird niemals nicht hingerichtet. Komm schnell.“

„Jeder sagt hier, komm schnell,“ dachte Alice, indem sie ihm langsam nachging, „so viel bin ich in meinem Leben nicht hin und her kommandirt worden, nein, in meinem ganzen Leben nicht!“

Sie brauchten nicht weit zu gehen, als sie schon die falsche Schildkröte in der Entfernung sahen, wie sie einsam und traurig auf einem Felsenriffe saß; und als sie näher kamen, hörte Alice sie seufzen, als ob ihr das Herz brechen wollte. Sie bedauerte sie herzlich. „Was für einen Kummer hat sie?“ fragte sie den Greifen, und der Greif antwortete, fast in denselben Worten wie zuvor: „Es ist Alles ihre Einbildung, das; sie hat keinen Kummer nicht. Komm schnell.“

Sie gingen also an die falsche Schildkröte heran, die sie mit thränenschweren Augen anblickte, aber nichts sagte.

„Die kleine Mamsell hier,“ sprach der Greif, „sie sagt, sie möchte gern deine Geschichte wissen, sagt sie.“

„Ich will sie ihr erzählen,“ sprach die falsche Schild= kröte mit tiefer, hohler Stimme; „setzt euch beide her und sprecht kein Wort, bis ich fertig bin.“

Gut, sie setzten sich hin und Keiner sprach mehre Minuten lang. Alice dachte bei sich: „Ich begreife nicht, wie sie je fertig werden kann, wenn sie nicht anfängt.“ Aber sie wartete geduldig.

„Einst,“ sagte die falsche Schildkröte endlich mit einem tiefen Seufzer, „war ich eine wirkliche Schildkröte.“

Auf diese Worte folgte ein sehr langes Schweigen, nur hin und wieder unterbrochen durch den Ausruf des Greifen „Hjckrrh!" und durch das heftige Schluchzen der falschen Schildkröte.   Alice wäre beinah aufgestanden

und hätte gesagt: „Danke sehr für die interessante
Geschichte!" aber sie konnte nicht umhin zu denken, daß
doch noch etwas kommen müsse; daher blieb sie sitzen
und sagte nichts.

„Als wir klein waren," sprach die falsche Schildkröte
endlich weiter, und zwar ruhiger, obgleich sie noch hin
und wieder schluchzte, „gingen wir zur Schule in der
See. Die Lehrerin war eine alte Schildkröte — wir
nannten sie Mamsell Schalthier —"

„Warum nanntet ihr sie Mamsell Schalthier?" fragte
Alice.

„Sie schalt hier oder sie schalt da alle Tage,
darum," sagte die falsche Schildkröte ärgerlich; „du bist
wirklich sehr dumm."

„Du solltest dich schämen, eine so dumme Frage zu
thun," setzte der Greif hinzu, und dann saßen beide
und sahen schweigend die arme Alice an, die in die Erde
hätte sinken mögen. Endlich sagte der Greif zu der fal=
schen Schildkröte: „Fahr' zu, alte Kutsche! Laß uns
nicht den ganzen Tag warten!" Und sie fuhr in fol=
genden Worten fort:

„Ja, wir gingen zur Schule, in der See, ob ihr
es glaubt oder nicht —

„Ich habe nicht gesagt, daß ich es nicht glaubte," unterbrach sie Alice.

„Ja, das hast du," sagte die falsche Schildkröte.

„Halt' den Mund!" fügte der Greif hinzu, ehe Alice antworten konnte. Die falsche Schildkröte fuhr fort.

„Wir gingen in die allerbeste Schule; wir hatten vier und zwanzig Stunden regelmäßig jeden Tag."

„Das haben wir auf dem Lande auch," sagte Alice, „darauf brauchst du dir nicht so viel einzubilden."

„Habt ihr auch Privatstunden außerdem?" fragte die falsche Schildkröte etwas kleinlaut.

„Ja," sagte Alice, „Französisch und Klavier."

„Und Wäsche?" sagte die falsche Schildkröte.

„Ich dächte gar!" sagte Alice entrüstet.

„Ah! dann gehst du in keine wirklich gute Schule," sagte die falsche Schildkröte sehr beruhigt. „In unserer Schule stand immer am Ende der Rechnung, „Französisch, Klavierspielen, Wäsche — extra."

„Das könnt ihr nicht sehr nöthig gehabt haben," sagte Alice, „wenn ihr auf dem Grunde des Meeres wohntet."

„Ich konnte keine Privatstunden bezahlen," sagte die

falsche Schildkröte mit einem Seufzer. „Ich nahm nur den regelmäßigen Unterricht."

„Und was war das?" fragte Alice.

„Legen und Treiben, natürlich, zu allererst," erwiederte die falsche Schildkröte; „und dann die vier Abtheilungen vom Rechnen: Zusehen, Abziehen, Vervielfraßen und Stehlen."

„Ich habe nie von Vervielfraßen gehört," warf Alice ein. Was ist das?"

Der Greif erhob beide Klauen voller Verwunderung. „Nie von Vervielfraßen gehört!" rief er aus. „Du weißt, was Verhungern ist? vermuthe ich."

„Ja," sagte Alice unsicher, „es heißt — nichts — essen — und davon — sterben."

„Nun," fuhr der Greif fort, „wenn du nicht verstehst, was Vervielfraßen ist, dann bist du ein Pinsel."

Alice hatte allen Muth verloren, sich weiter danach zu erkundigen, und wandte sich daher an die falsche Schildkröte mit der Frage: „Was hattet ihr sonst noch zu lernen?"

„Nun, erstens Gewichte," erwiederte die falsche Schildkröte, indem sie die Gegenstände an den Pfoten aufzählte,

„Gewichte, alte und neue, mit Seeographie; dann Sprin=
gen — der Springelehrer war ein alter Stockfisch, der
ein Mal wöchentlich zu kommen pflegte, er lehrte uns
Pfoten Reiben und Unarten, meerschwimmig Springen,
Schillern und Imponiren."

„Wie war denn das?" fragte Alice.

„Ich kann es dir nicht selbst zeigen," sagte die
falsche Schildkröte, „ich bin zu steif. Und der Greif
hat es nicht gelernt."

„Hatte keine Zeit," sagte der Greif; „ich hatte aber
Stunden bei dem Lehrer der alten Sprachen. Das
war ein alter Barsch, ja, das war er."

„Bei dem bin ich nicht gewesen," sagte die falsche
Schildkröte mit einem Seufzer, „er lehrte Zebräisch
und Greifisch, sagten sie immer."

„Das that er auch, das that er auch, und be=
sonders Laßsein," sagte der Greif, indem er ebenfalls
seufzte, worauf beide Thiere sich das Gesicht mit den
Pfoten bedeckten.

„Und wie viel Schüler wart ihr denn in einer
Klasse?" sagte Alice, die schnell auf einen andern Ge=
genstand kommen wollte.

„Zehn den ersten Tag," sagte die falsche Schildkröte, „neun den nächsten, und so fort."

„Was für eine merkwürdige Einrichtung!" rief Alice aus.

„Das ist der Grund, warum man Lehrer hält, weil sie die Klasse von Tag zu Tag leeren."

Dies war ein ganz neuer Gedanke für Alice, welchen sie gründlich überlegte, ehe sie wieder eine Bemerkung machte. „Den elften Tag müssen dann Alle frei gehabt haben?"

„Natürlich!" sagte die falsche Schildkröte.

„Und wie wurde es den zwölften Tag gemacht?" fuhr Alice eifrig fort.

„Das ist genug von Stunden," unterbrach der Greif sehr bestimmt: „erzähle ihr jetzt etwas von den Spielen."

Zehntes Kapitel.
Das Hummerballet.

~~~~~~

Die falsche Schildkröte seufzte tief auf und wischte sich mit dem Rücken ihrer Pfote die Augen. Sie sah Alice an und versuchte zu sprechen, aber ein bis zwei Minuten lang erstickte lautes Schluchzen ihre Stimme. „Sieht aus, als ob sie einen Knochen in der Kehle hätt'," sagte der Greif und machte sich daran, sie zu schütteln und auf den Rücken zu klopfen. Endlich erhielt die falsche Schildkröte den Gebrauch ihrer Stimme wieder, und während Thränen ihre Wangen herabflossen, erzählte sie weiter.

„Vielleicht hast du nicht viel unter dem Wasser gelebt —" („Nein," sagte Alice) — „und vielleicht hast du nie die Bekanntschaft eines Hummers gemacht —" (Alice wollte eben sagen: „ich kostete einmal," aber sie hielt schnell ein und sagte: „Nein, niemals") — „du kannst dir also nicht vorstellen, wie reizend ein Hummerballet ist."

„Nein, in der That nicht," sagte Alice, „was für eine Art Tanz ist es?"

„Nun," sagte der Greif, „erst stellt man sich in einer Reihe am Strand auf —"

„In zwei Reihen!" rief die falsche Schildkröte. „Seehunde, Schildkröten, Lachse, und so weiter; dann, wenn alle Seesterne aus dem Wege geräumt sind —"

„Was gewöhnlich einige Zeit dauert," unterbrach der Greif.

„— geht man zwei Mal vorwärts —"

„Jeder einen Hummer zum Tanze führend!" rief der Greif.

„Natürlich," sagte die falsche Schildkröte: „zwei Mal vorwärts, wieder paarweis gestellt —"

„— wechselt die Hummer, und geht in derselben Ordnung zurück," fuhr der Greif fort.

„Dann, mußt du wissen," fiel die falsche Schildkröte ein, „wirft man die —"

„Die Hummer!" schrie der Greif mit einem Luftsprunge.

„— so weit in's Meer, als man kann —"

„Schwimmt ihnen nach!" kreischte der Greif.

„Schlägt einen Purzelbaum im Wasser!" rief die falsche Schildkröte, indem sie unbändig umhersprang.

„Wechselt die Hummer wieder!" heulte der Greif mit erhobener Stimme.

„Zurück an's Land, und — das ist die ganze erste Figur," sagte die falsche Schildkröte, indem ihre Stimme plötzlich sank; und beide Thiere, die bis dahin wie toll umhergesprungen waren, setzten sich sehr betrübt und still nieder und sahen Alice an.

„Es muß ein sehr hübscher Tanz sein," sagte Alice
ängstlich.

„Möchtest du eine kleine Probe sehen?" fragte die
falsche Schildkröte.

„Sehr gern," sagte Alice.

„Komm, laß uns die erste Figur versuchen!" sagte
die falsche Schildkröte zum Greifen. „Wir können es ohne
Hummer, glaube ich. Wer soll singen?"

„Oh, singe du!" sagte der Greif. „Ich habe die
Worte vergessen."

So fingen sie denn an, feierlich im Kreise um
Alice zu tanzen; zuweilen traten sie ihr auf die Füße,
wenn sie ihr zu nahe kamen; die falsche Schildkröte
sang dazu, sehr langsam und traurig, Folgendes: —

Zu der Schnecke sprach ein Weißfisch: „Kannst du denn
nicht schneller gehn?
Siehst du denn nicht die Schildkröten und die Hummer alle stehn?
Hinter uns da kommt ein Meerschwein, und es tritt mir
auf den Schwanz;
Und sie warten an dem Strande, daß wir kommen zu dem Tanz.
Willst du denn nicht, willst du denn nicht, willst du kommen
zu dem Tanz?
Willst du denn nicht, willst du denn nicht, willst du kommen
zu dem Tanz?"

„Nein, du kannst es nicht ermessen, wie so herrlich es
wird sein,

Nehmen sie uns mit den Hummern, werfen uns in's Meer
hinein!"

Doch die Schnecke thät nicht trauen. „Das gefällt mir doch
nicht ganz!

Viel zu weit, zu weit! ich danke — gehe nicht mit euch
zum Tanz!

Nein, ich kann, ich mag, ich will nicht, kann nicht kommen
zu dem Tanz!

Nein, ich kann, ich mag, ich will nicht, mag nicht kommen
zu dem Tanz!"

Und der Weißfisch sprach dagegen: „'s kommt ja nicht drauf
an, wie weit!

Ist doch wohl ein andres Ufer, drüben auf der andern Seit'!

Und noch viele schöne Küsten giebt es außer Engelland's;

Nur nicht blöde, liebe Schnecke, komm' geschwind mit mir
zum Tanz!

Willst du denn nicht, willst du denn nicht, willst du kommen
zu dem Tanz?

Willst du denn nicht, willst du denn nicht, willst nicht kommen
zu dem Tanz?"

„Danke sehr, es ist sehr, sehr interessant, diesem
Tanze zuzusehen," sagte Alice, obgleich sie sich freute,

daß er endlich vorüber war; „und das komische Lied
von dem Weißfisch gefällt mir so!"

„Oh, was die Weißfische anbelangt," sagte die
falsche Schildkröte, „die — du hast sie doch gesehen?"

„Ja," sagte Alice, „ich habe sie oft gesehen, bei'm
Mitt —" sie hielt schnell inne.

„Ich weiß nicht, wer Mitt sein mag," sagte die
falsche Schildkröte, „aber da du sie so oft gesehen hast,
so weißt du natürlich, wie sie aussehen?"

„Ja, ich glaube," sagte Alice nachdenklich, „sie ha=
ben den Schwanz im Maule, — und sind ganz mit
geriebener Semmel bestreut."

„Die geriebene Semmel ist ein Irrthum," sagte die
falsche Schildkröte; „sie würde in der See bald abgespült
werden. Aber den Schwanz haben sie im Maule, und
der Grund ist" — hier gähnte die falsche Schildkröte
und machte die Augen zu. — „Sage ihr Alles das
von dem Grunde," sprach sie zum Greifen.

„Der Grund ist," sagte der Greif, „daß sie durchaus
im Hummerballet mittanzen wollten. So wurden sie denn
in die See hinein geworfen. So mußten sie denn sehr
weit fallen. So kamen ihnen denn die Schwänze in

die Mäuler. So konnten sie sie denn nicht wieder
heraus bekommen. So ist es."

„Danke dir," sagte Alice, „es ist sehr interessant.
Ich habe nie so viel vom Weißfisch zu hören bekommen."

„Ich kann dir noch mehr über ihn sagen, wenn du
willst," sagte der Greif, „weißt du, warum er Weiß=
fisch heißt?"

„Ich habe darüber noch nicht nachgedacht," sagte
Alice. „Warum?"

„Darum eben," sagte der Greif mit tiefer, feierlicher
Stimme, „weil man so wenig von ihm weiß. Nun aber
mußt du uns auch etwas von deinen Abenteuern erzählen."

„Ich könnte euch meine Erlebnisse von heute früh
an erzählen," sagte Alice verschämt, „aber bis gestern
zurück zu gehen, wäre ganz unnütz, weil ich da jemand
Anderes war."

„Erkläre das deutlich," sagte die falsche Schildkröte.

„Nein, die Erlebnisse erst," sagte der Greif in
ungeduldigem Tone, „Erklärungen nehmen so schrecklich
viel Zeit fort."

Alice fing also an, ihnen ihre Abenteuer von da
an zu erzählen, wo sie das weiße Kaninchen zuerst
gesehen hatte. Im Anfange war sie etwas ängstlich,

die beiden Thiere kamen ihr so nah, eins auf jeder
Seite, und sperrten Augen und Mund so weit auf;
aber nach und nach wurde sie dreister. Ihre Zuhörer
waren ganz ruhig, bis sie an die Stelle kam, wo sie
der Raupe ‚Ihr seid alt, Vater Martin‘ hergesagt
hatte, und wo lauter andere Worte gekommen waren,
da holte die falsche Schildkröte tief Athem und sagte:
„das ist sehr merkwürdig."

„Es ist Alles so merkwürdig, wie nur möglich,"
sagte der Greif.

„Es kam ganz verschieden!" wiederholte die falsche
Schildkröte gedankenvoll. „Ich möchte sie wohl etwas
hersagen hören. Sage ihr, daß sie anfangen soll."
Sie sah den Greifen an, als ob sie dächte, daß er
einigen Einfluß auf Alice habe.

„Steh' auf und sage her: ‚Preisend mit viel schönen
Reden‘, sagte der Greif.

„Wie die Geschöpfe alle Einen kommandiren und
Gedichte aufsagen lassen!" dachte Alice, „dafür könnte ich
auch lieber gleich in der Schule sein." Sie stand jedoch
auf und fing an, das Gedicht herzusagen; aber ihr Kopf
war so voll von dem Hummerballet, daß sie kaum wußte,
was sie sagte, und die Worte kamen sehr sonderbar: —

„Preisend mit viel schönen Kniffen seiner Scheeren Werth
und Zahl,
Stand der Hummer vor dem Spiegel in der schönen rothen
Schal'!
„Herrlich," sprach der Fürst der Krebse, „steht mir dieser
lange Bart!"
Rückt die Füße mit der Nase auswärts, als er dieses sagt."

„Das ist anders, als ich's als Kind gesagt habe," sagte der Greif.

„Ich habe es zwar noch niemals gehört," sagte die falsche Schildkröte; „aber es klingt wie blühender Unsinn."

Alice erwiederte nichts; sie setzte sich, bedeckte das Gesicht mit beiden Händen und überlegte, ob wohl je wieder irgend etwas natürlich sein würde.

„Ich möchte es gern erklärt haben," sagte die falsche Schildkröte.

„Sie kann's nicht erklären," warf der Greif schnell ein. „Sage den nächsten Vers."

„Aber das von den Füßen?" fragte die falsche Schildkröte wieder. „Wie kann er sie mit der Nase aus= wärts rücken?"

„Es ist die erste Position bei'm Tanzen," sagte Alice; aber sie war über Alles dies entsetzlich verwirrt und hätte am liebsten aufgehört.

„Sage den nächsten Vers!" wiederholte der Greif ungeduldig, „er fängt an: ‚Seht mein Land!'"

Alice wagte nicht, es abzuschlagen, obgleich sie über= zeugt war, es würde Alles falsch kommen, sie fuhr also mit zitternder Stimme fort: —

„Seht mein Land und grüne Fluten," sprach ein fetter Lachs
vom Rhein;
„Goldne Schuppen meine Rüstung, und mit Auftern trink'
ich Wein."

„Wozu sollen wir das dumme Zeug mit anhören,"
unterbrach sie die falsche Schildkröte, „wenn sie es nicht
auch erklären kann? Es ist das verworrenste Zeug, das
ich je gehört habe!"

„Ja, ich glaube auch, es ist besser du hörst auf,"
sagte der Greif, und Alice gehorchte nur zu gern.

„Sollen wir noch eine Figur von dem Hummerballet
versuchen?" fuhr der Greif fort. „Oder möchtest du
lieber, daß die falsche Schildkröte dir ein Lied vorsingt?"

„Oh, ein Lied! bitte, wenn die falsche Schildkröte
so gut sein will," antwortete Alice mit solchem Eifer,
daß der Greif etwas beleidigt sagte: „Hm! der Ge=
schmack ist verschieden! Singe ihr vor ‚Schildkrötensuppe',
hörst du, alte Tante?"

Die falsche Schildkröte seufzte tief auf und fing
an, mit halb von Schluchzen erstickter Stimme, so zu
singen: —

„Schöne Suppe, so schwer und so grün,
Dampfend in der heißen Terrin'!
Wem nach einem so schönen Gericht
Wässerte denn der Mund wohl nicht?
Kön'gin der Suppen, du schönste Supp'!
Kön'gin der Suppen, du schönste Supp'!
  Wu — underschöne Su — uppe!
  Wu — underschöne Su — uppe!
  Kö — önigin der Su — uppen,
  Wunder = wunderschöne Supp'!

Schöne Suppe, wer fragt noch nach Fisch,
Wildpret oder was sonst auf dem Tisch?
Alles lassen wir stehen zu p
Reisen allein die wunderschöne Supp',
Preisen allein die wunderschöne Supp'!
  Wu — underschöne Su — uppe!
  Wu — underschöne Su — uppe!
  Kö — önigin der Su — uppen,
  Wunder = wunderschöne Supp'!

„Den Chor noch einmal!“ rief der Greif, und die
falsche Schildkröte hatte ihn eben wieder angefangen,
als ein Ruf: „Das Verhör fängt an!“ in der Ferne
erscholl.

„Komm ſchnell!" rief der Greif, und Alice bei der Hand nehmend lief er fort, ohne auf das Ende des Geſanges zu warten.

„Was für ein Verhör?" keuchte Alice bei'm Rennen; aber der Greif antwortete nichts als: „Komm ſchnell!" und rannte weiter, während ſchwächer und ſchwächer, vom Winde getragen, die Worte ihnen folgten: —

„Kö — önigin der Su — uppen,
Wunder = wunderſchöne Supp'!"

—————⚬|⚬—————

Elftes Kapitel.

Wer hat die Kuchen gestohlen?

~~~~~~

Der König und die Königin der Herzen saßen auf ihrem Throne, als sie ankamen, und eine große Menge war um sie versammelt — allerlei kleine Vögel und Thiere, außerdem das ganze Pack Karten: der Bube stand vor ihnen, in Ketten, einen Soldaten an jeder Seite, um ihn zu bewachen; dicht bei dem Könige befand sich das weiße Kaninchen, eine Trompete in einer Hand, in der andern eine Pergamentrolle. Im Mittelpunkte des Gerichtshofes stand ein Tisch mit einer Schüssel voll Torten: sie sahen so appetitlich aus, daß der bloße Anblick Alice ganz hungrig darauf machte. — „Ich wünschte, sie machten schnell mit dem Verhör und reichten die Erfrischungen herum." Aber dazu schien wenig Aus=

sicht zu sein, so daß sie anfing, Alles genau in Augen=
schein zu nehmen, um sich die Zeit zu vertreiben.

Alice war noch nie in einem Gerichtshofe gewesen,
aber sie hatte in ihren Büchern davon gelesen und bil=
dete sich was Rechtes darauf ein, daß sie Alles, was
sie dort sah, bei Namen zu nennen wußte. „Das ist
der Richter," sagte sie für sich, „wegen seiner großen
Perrücke."

Der Richter war übrigens der König, und er trug
die Krone über der Perücke (seht euch das Titelbild
an, wenn ihr wissen wollt, wie), es sah nicht aus,
als sei es ihm bequem, und sicherlich stand es ihm
nicht gut.

„Und jene zwölf kleinen Thiere da sind vermuthlich
die Geschwornen," dachte Alice. Sie wiederholte sich
selbst dies Wort zwei bis drei Mal, weil sie so stolz
darauf war; denn sie glaubte, und das mit Recht, daß
wenig kleine Mädchen ihres Alters überhaupt etwas von
diesen Sachen wissen würden.

Die zwölf Geschwornen schrieben alle sehr eifrig auf
Schiefertafeln. „Was thun sie?" fragte Alice den Greifen
in's Ohr. „Sie können ja noch nichts aufzuschreiben
haben, ehe das Verhör beginnt."

„Sie schreiben ihre Namen auf," sagte ihr der Greif in's Ohr, „weil sie bange sind, sie zu vergessen, ehe das Verhör zu Ende ist."

„Dumme Dinger!" fing Alice entrüstet ganz laut an; aber sie hielt augenblicklich inne, denn das weiße Kaninchen rief aus: „Ruhe im Saal!" und der König setzte seine Brille auf und blickte spähend umher, um zu sehen, wer da gesprochen habe.

Alice konnte ganz deutlich sehen, daß alle Geschworne „dumme Dinger!" auf ihre Tafeln schrieben, und sie merkte auch, daß Einer von ihnen nicht wußte, wie es geschrieben wird, und seinen Nachbar fragen mußte. „Die Tafeln werden in einem schönen Zustande sein, wenn das Verhör vorüber ist!" dachte Alice.

Einer der Geschwornen hatte einen Tafelstein, der quiekste. Das konnte Alice natürlich nicht aushalten, sie ging auf die andere Seite des Saales, gelangte dicht hinter ihn und fand sehr bald eine Gelegenheit, den Tafelstein fortzunehmen. Sie hatte es so schnell gethan, daß der arme kleine Geschworne (es war Wabbel, durchaus nicht begreifen konnte, wo sein Griffel hin= gekommen war; nachdem er ihn also überall gesucht hatte, mußte er sich endlich entschließen, mit einem

Finger zu schreiben, und das war von sehr geringem Nutzen, da es keine Spuren auf der Tafel zurückließ.

„Herold, verlies die Anklage!" sagte der König.

Da blies das weiße Kaninchen drei Mal in die Trompete, entfaltete darauf die Pergamentrolle und las wie folgt: —

> „Coeur=Königin, sie buk Kuchen,
> Juchheisasah, juchhe!
> Coeur=Bube kam, die Kuchen nahm.
> Wo sind sie nun? O weh!"

„Gebt euer Urtheil ab!“ sprach der König zu den Geschwornen.

„Noch nicht, noch nicht!“ unterbrach ihn das Kaninchen schnell. „Da kommt noch Vielerlei erst.“

„Laßt den ersten Zeugen eintreten!“ sagte der König, worauf das Kaninchen drei Mal in die Trompete blies und ausrief: „Erster Zeuge!“

Der erste Zeuge war der Hutmacher. Er kam herein, eine Tasse in einer Hand und in der andern ein Stück Butterbrot haltend. „Ich bitte um Verzeihung, Eure Majestät, daß ich das mitbringe; aber ich war nicht ganz fertig mit meinem Thee, als nach mir geschickt wurde.“

„Du hättest aber damit fertig sein sollen,“ sagte der König. „Wann hast du damit angefangen?“

Der Hutmacher sah den Faselhasen an, der ihm in den Gerichtssaal gefolgt war, Arm in Arm mit dem Murmelthier. „Vierzehnten März, glaube ich war es,“ sagte er.

„Funfzehnten,“ sagte der Faselhase.

„Sechzehnten,“ fügte das Murmelthier hinzu.

„Nehmt das zu Protokoll,“ sagte der König zu den Geschwornen, und die Geschwornen schrieben eifrig die drei Daten auf ihre Tafeln, addirten sie dann und machten die Summe zu Groschen und Pfennigen.

„Nimm deinen Hut ab," sagte der König zum Hut= macher.

„Es ist nicht meiner," sagte der Hutmacher.

„Gestohlen!" rief der König zu den Geschwornen ge= wendet aus, welche sogleich die Thatsache notirten.

„Ich halte sie zum Verkauf," fügte der Hutmacher als Erklärung hinzu, „ich habe keinen eigenen. Ich bin ein Hutmacher."

Da setzte sich die Königin die Brille auf und fing an, den Hutmacher scharf zu beobachten, was ihn sehr blaß und unruhig machte.

„Gieb du deine Aussage," sprach der König, „und sei nicht ängstlich, oder ich lasse dich auf der Stelle hängen."

Dies beruhigte den Zeugen augenscheinlich nicht; er stand abwechselnd auf dem linken und rechten Fuße, sah die Königin mit großem Unbehagen an, und in seiner Befangenheit biß er ein großes Stück aus seiner Thee= tasse statt aus seinem Butterbrot.

Gerade in diesem Augenblick spürte Alice eine selt= same Empfindung, die sie sich durchaus nicht erklären konnte, bis sie endlich merkte, was es war: sie fing wieder an zu wachsen, und sie wollte sogleich aufstehen und den Gerichtshof verlassen; aber nach weiterer Ueber= legung beschloß sie zu bleiben, wo sie war, so lange sie Platz genug hatte.

„Du brauchtest mich wirklich nicht so zu drängen," sagte das Murmelthier, welches neben ihr saß. „Ich kann kaum athmen."

„Ich kann nicht dafür," sagte Alice bescheiden, „ich wachse."

„Du hast kein Recht dazu, hier zu wachsen," sagte das Murmelthier.

„Rede nicht solchen Unsinn," sagte Alice dreister; „du weißt recht gut, daß du auch wächst."

„Ja, aber ich wachse in vernünftigem Maßstabe," sagte das Murmelthier, „nicht auf so lächerliche Art." Dabei stand es verdrießlich auf und ging an die andere Seite des Saales.

Die ganze Zeit über hatte die Königin unablässig den Hutmacher angestarrt, und gerade als das Murmel= thier durch den Saal ging, sprach sie zu einem der Gerichtsbeamten: „Bringe mir die Liste der Sänger im

letzten Concerte!" worauf der unglückliche Hutmacher so
zitterte, daß ihm beide Schuhe abflogen.

„Gieb deine Aussage," wiederholte der König ärger=
lich, „oder ich werde dich hinrichten lassen, ob du dich
ängstigst oder nicht."

„Ich bin ein armer Mann, Eure Majestät," be=
gann der Hutmacher mit zitternder Stimme, „und ich
hatte eben erst meinen Thee angefangen — nicht länger
als eine Woche ungefähr — und da die Butterbrote
so dünn wurden — und es Teller und Töpfe in den
Thee schneite."

„Teller und Töpfe — was?" fragte der König.

„Es fing mit dem Thee an," erwiederte der Hut=
macher.

„Natürlich fangen Teller und Töpfe mit einem T
an. Hältst du mich für einen Esel? Rede weiter!"

„Ich bin ein armer Mann," fuhr der Hutmacher
fort, „und seitdem schneite Alles — der Faselhase
sagte nur —"

„Nein, ich hab's nicht gesagt!" unterbrach ihn der
Faselhase schnell.

„Du hast's wohl gesagt!" rief der Hutmacher.

„Ich läugne es!" sagte der Faselhase.

„Er läugnet es!" sagte der König: „laßt den Theil
der Aussage fort."

„Gut, auf jeden Fall hat's das Murmelthier ge=
sagt —" fuhr der Hutmacher fort, indem er sich ängst=
lich umsah, ob es auch läugnen würde; aber das
Murmelthier läugnete nichts, denn es war fest ein=
geschlafen. „Dann," sprach der Hutmacher weiter, „schnitt
ich noch etwas Butterbrot —"

„Aber was hat das Murmelthier gesagt?" fragte
einer der Geschwornen.

„Das ist mir ganz entfallen," sagte der Hutmacher.

„Aber es muß dir wieder einfallen," sagte der König, „sonst lasse ich dich köpfen."

Der unglückliche Hutmacher ließ Tasse und Butterbrot fallen und ließ sich auf ein Knie nieder. „Ich bin ein armseliger Mann, Eure Majestät," fing er an.

„Du bist ein s e h r armseliger Redner," sagte der König.

Hier klatschte eins der Meerschweinchen Beifall, was sofort von den Gerichtsdienern unterdrückt wurde. (Da dies ein etwas schweres Wort ist, so will ich beschreiben, wie es gemacht wurde. Es war ein großer Leinwand= sack bei der Hand, mit Schnüren zum Zusammenziehen: da hinein wurde das Meerschweinchen gesteckt, den Kopf nach unten, und dann saßen sie darauf.)

„Es ist mir lieb, daß ich das gesehen habe," dachte Alice, „ich habe so oft in der Zeitung am Ende eines Verhörs gelesen: ,Das Publikum fing an, Beifall zu klatschen, was aber sofort von den Gerichtsdienern unter= drückt wurde,' und ich konnte bis jetzt nie verstehen, was es bedeutete."

„Wenn dies Alles ist, was du zu sagen weißt, so kannst du abtreten," fuhr der König fort.

„Ich kann nichts mehr abtreten," sagte der Hut= macher: „ich stehe so schon auf den Strümpfen."

„Dann kannſt du abwarten, bis du wieder ge=
fragt wirſt," erwiederte der König.

Hier klatſchte das zweite Meerſchweinchen und wurde
unterdrückt.

„Ha, nun ſind die Meerſchweinchen beſorgt," dachte
Alice, „nun wird es beſſer vorwärts gehen."

„Ich möchte lieber zu meinem Thee zurückgehen,"
ſagte der Hutmacher mit einem ängſtlichen Blicke auf
die Königin, welche die Liſte der Sänger durchlas.

„Du kannſt gehen," ſagte der König, worauf der
Hutmacher eilig den Gerichtsſaal verließ, ohne ſich ein=
mal Zeit zu nehmen, ſeine Schuhe anzuziehen.

„ — und draußen schneidet ihm doch den Kopf
ab," fügte die Königin zu einem der Beamten gewandt
hinzu; aber der Hutmacher war nicht mehr zu sehen,
als der Beamte die Thür erreichte.

„Ruft den nächsten Zeugen!" sagte der König.

Der nächste Zeuge war die Köchin der Herzogin.
Sie trug die Pfefferbüchse in der Hand, und Alice er=
rieth, schon ehe sie in den Saal trat, wer es sei, weil
alle Leute in der Nähe der Thür mit einem Male an=
fingen zu niesen.

„Gieb deine Aussage," sagte der König.

„Ne!" antwortete die Köchin.

Der König sah ängstlich das weiße Kaninchen an,
welches leise sprach: „Eure Mäjestät müssen diesen Zeugen
einem Kreuzverhör unterwerfen."

„Wohl, wenn ich muß, muß ich," sagte der König
trübsinnig, und nachdem er die Arme gekreuzt und die
Augenbraunen so fest zusammengezogen hatte, daß seine
Augen kaum mehr zu sehen waren, sagte er mit tiefer
Stimme: „Wovon macht man kleine Kuchen?"

„Pfeffer, hauptsächlich," sagte die Köchin.

„Syrup," sagte eine schläfrige Stimme hinter ihr.

„Nehmt dieses Murmelthier fest!" heulte die Königin.

„Köpft dieses Murmelthier! Schafft dieses Murmelthier
aus dem Saale! Unterdrückt es! Kneift es! Brennt ihm
den Bart ab!"

Einige Minuten lang war das ganze Gericht in
Bewegung, um das Murmelthier fortzuschaffen; und als
endlich Alles wieder zur Ruhe gekommen war, war die
Köchin verschwunden.

„Schadet nichts!" sagte der König und sah aus,
als falle ihm ein Stein vom Herzen. „Ruft den nächsten
Zeugen." Und zu der Königin gewandt, fügte er leise
hinzu: „Wirklich, meine Liebe, du mußt das nächste
Kreuzverhör übernehmen, meine Arme sind schon ganz
lahm."

Alice beobachtete das weiße Kaninchen, das die Liste
durchsuchte, da sie sehr neugierig war, wer wohl der
nächste Zeuge sein möchte, — „denn sie haben noch nicht
viel Beweise," sagte sie für sich. Denkt euch ihre Ueber=
raschung, als das weiße Kaninchen mit seiner höchsten
Kopfstimme vorlas: „Alice!"

Zwölftes Kapitel.
Alice ist die Klügste.

～～～～

„Hier!" rief Alice, in der augenblicklichen Erregung
ganz vergessend, wie sehr sie die letzten Minuten gewachsen
war; sie sprang in solcher Eile auf, daß sie mit ihrem
Rock das Pult vor sich umstieß, so daß alle Geschworne
auf die Köpfe der darunter sitzenden Versammlung fielen.
Da lagen sie unbehülflich umher und errinnerten sie sehr
an ein Glas mit Goldfischen, das sie die Woche vorher
aus Versehen umgestoßen hatte.

„Oh, ich bitte um Verzeihung," rief sie mit sehr
bestürztem Tone, und fing an, sie so schnell wie möglich
aufzunehmen; denn der Unfall mit den Goldfischen lag
ihr noch im Sinne, und sie hatte eine unbestimmte Art
Vorstellung, als ob sie gleich gesammelt und wieder in
ihr Pult gethan werden müßten, sonst würden sie sterben.

„Das Verhör kann nicht fortgesetzt werden," sagte
der König sehr ernst, „bis alle Geschworne wieder an
ihrem rechten Platze sind — alle," wiederholte er mit
großem Nachdrucke, und sah dabei Alice fest an.

Alice sah sich nach dem Pulte um und bemerkte,
daß sie in der Eile die Eidechse kopfunten hineingestellt
hatte, und das arme kleine Ding bewegte den Schwanz
trübselig hin und her, da es sich übrigens nicht rühren
konnte. Sie zog es schnell wieder heraus und stellte
es richtig hinein. „Es hat zwar nichts zu bedeuten,"
sagte sie für sich, „ich glaube, es würde für das Verhör
ganz eben so nützlich sein kopfoben wie kopfunten."

Sobald sich die Geschwornen etwas von dem Schreck
erholt hatten, umgeworfen worden zu sein, und nach=
dem ihre Tafeln und Tafelsteine gefunden und ihnen
zurückgegeben worden waren, machten sie sich eifrig daran,
die Geschichte ihres Unfalles aufzuschreiben, alle außer
der Eidechse, welche zu angegriffen war, um etwas zu
thun; sie saß nur mit offnem Maule da und starrte die
Saaldecke an.

„Was weißt du von dieser Angelegenheit?" fragte
der König Alice.

„Nichts!" sagte Alice.

„Durchaus nichts?" drang der König in sie.

„Durchaus nichts!" sagte Alice.

„Das ist sehr wichtig," sagte der König, indem er
sich an die Geschwornen wandte. Sie wollten dies eben

auf ihre Tafeln schreiben, als das weiße Kaninchen ihn
unterbrach. „Unwichtig, meinten Eure Majestät natür=
lich!" sagte es in sehr ehrfurchtsvollem Tone, wobei es
ihn aber mit Stirnrunzeln und verdrießlichem Gesichte
ansah.

„Unwichtig, natürlich, meinte ich," bestätigte der
König eilig, und fuhr mit halblauter Stimme für sich
fort: „wichtig — unwichtig — unwichtig — wichtig —"
als ob er versuchte, welches Wort am besten klänge.

Einige der Geschwornen schrieben auf „wichtig", und
einige „unwichtig." Alice konnte dies sehen, da sie nahe
genug war, um ihre Tafeln zu überblicken; „aber es
kommt nicht das Geringste darauf an," dachte sie bei sich.

In diesem Augenblick rief der König, der eifrig in
seinem Notizbuche geschrieben hatte, plötzlich aus: „Still!"
und las dann aus seinem Buche vor: „Zweiundvierzig=
stes Gesetz. Alle Personen, die mehr als eine
Meile hoch sind, haben den Gerichtshof zu
verlassen.

Alle sahen Alice an.

„Ich bin keine Meile groß," sagte Alice.

„Das bist du wohl," sagte der König.

„Beinahe zwei Meilen groß," fügte die Königin hinzu.

„Auf jeden Fall werde ich nicht fortgehen," sagte Alice, „übrigens ist das kein regelmäßiges Gesetz; Sie haben es sich eben erst ausgedacht."

„Es ist das älteste Gesetz in dem Buche," sagte der König.

„Dann müßte es Nummer Eins sein," sagte Alice.

Der König erbleichte und machte sein Notizbuch schnell zu. „Gebt euer Urtheil ab!" sagte er leise und mit zitternder Stimme zu den Geschwornen.

„Majestät halten zu Gnaden, es sind noch mehr Beweise aufzunehmen," sagte das weiße Kaninchen, indem es eilig aufsprang; „dieses Papier ist soeben gefunden worden."

„Was enthält es?" fragte die Königin.

„Ich habe es noch nicht geöffnet," sagte das weiße Kaninchen, „aber es scheint ein Brief von dem Gefangenen an — an Jemand zu sein."

„Ja, das wird es wohl sein," sagte der König, „wenn es nicht an Niemand ist, was, wie bekannt nicht oft vorkommt."

„An wen ist es adressirt?" fragte einer der Geschwornen.

„Es ist gar nicht adressirt," sagte das weiße Kaninchen;

„überhaupt steht auf der Außenseite gar nichts." Es faltete bei diesen Worten das Papier auseinander und sprach weiter: „Es ist übrigens gar kein Brief, es sind Verse."

„Sind sie in der Handschrift des Gefangenen?" fragte ein anderer Geschworner.

„Nein, das sind sie nicht," sagte das weiße Kaninchen, „und das ist das Merkwürdigste dabei." (Die Geschwornen sahen alle ganz verdutzt aus.)

„Er muß eines Andern Handschrift nachgeahmt haben," sagte der König. (Die Gesichter der Geschwornen klärten sich auf.)

„Eure Majestät halten zu Gnaden," sagte der Bube, „ich habe es nicht geschrieben, und Niemand kann beweisen, daß ich es geschrieben habe, es ist keine Unterschrift darunter.

„Wenn du es nicht unterschrieben hast," sagte der König, „so macht das die Sache nur schlimmer. Du mußt schlechte Absichten dabei gehabt haben, sonst hättest du wie ein ehrlicher Mann deinen Namen darunter gesetzt."

Hierauf folgte allgemeines Beifallklatschen; es war der erste wirklich kluge Ausspruch, den der König an dem Tage gethan hatte.

„Das beweist seine Schuld," sagte die Königin.

„Es beweist durchaus gar nichts!" sagte Alice, „Ihr wißt ja noch nicht einmal, worüber die Verse sind!"

„Lies sie!" sagte der König.

Das weiße Kaninchen setzte seine Brille auf. „Wo befehlen Eure Majestät, daß ich anfangen soll?" fragte es.

„Fange beim Anfang an," sagte der König ernsthaft, „und lies bis du an's Ende kommst, dann halte an."

Dies waren die Verse, welche das weiße Kaninchen vorlas: —

> „Ich höre ja du warst bei ihr,
> Und daß er mir es gönnt;
> Sie sprach, sie hielte viel von mir,
> Wenn ich nur schwimmen könnt'!
>
> Er schrieb an sie, ich ginge nicht
> (Nur wußten wir es gleich):
> Wenn ihr viel an der Sache liegt,
> Was würde dann aus euch?
>
> Ich gab ihr eins, sie gab ihm zwei,
> Ihr gabt uns drei Mal vier;
> Jetzt sind sie hier, er steht dabei;
> Doch alle gehörten erst mir.

Würd' ich und sie vielleicht darein
Verwickelt und verfahren,
Vertraut er dir, sie zu befrei'n,
Gerade wie wir waren.

Ich dachte schon in meinem Sinn,
Eh' sie den Anfall hätt',
Ihr wär't derjenige, der ihn,
Es und uns hindertet.

Sag' ihm um keinen Preis, daß ihr
Die Andern lieber war'n;
Denn keine Seele außer dir
Und mir darf dies erfahr'n."

„Das ist das wichtigste Beweisstück, das wir bis
jetzt gehört haben," sagte der König, indem er sich die
Hände rieb; „laßt also die Geschwornen —"

„Wenn es Einer von ihnen erklären kann," sagte
Alice (sie war die letzten Paar Minuten so sehr ge=
wachsen, daß sie sich gar nicht fürchtete, ihn zu unter=
brechen), „so will ich ihm sechs Dreier schenken. Ich
finde, daß auch keine Spur von Sinn darin ist."

Die Geschwornen schrieben Alle auf ihre Tafeln:

„Sie findet, daß auch keine Spur von Sinn darin ist;" aber keiner von ihnen versuchte, das Schriftstück zu er= klären.

„Wenn kein Sinn darin ist," sagte der König, „das spart uns ja ungeheuer viel Arbeit; dann haben wir nicht nöthig, ihn zu suchen. Und dennoch weiß ich nicht," fuhr er fort, indem er das Papier auf dem Knie aus= breitete und es prüfend beäugelte, „es kommt mir vor, als könnte ich etwas Sinn darin finden. ‚— wenn ich nur schwimmen könnt'!‘ du kannst nicht schwimmen, nicht wahr?" wandte er sich an den Buben.

Der Bube schüttelte traurig das Haupt. „Seh' ich etwa danach aus?" (was freilich nicht der Fall war, da er gänzlich aus Papier bestand.)

„Das trifft zu, so weit," sagte der König und fuhr fort, die Verse leise durchzulesen. ‚Nur wußten wir es gleich‘ — das sind die Geschwornen, natürlich — ‚Ich gab ihr eins, sie gab ihm zwei —‘ ja wohl, so hat er's mit den Kuchen gemacht, versteht sich —"

„Aber es geht weiter: ‚Jetzt sind sie hier,‘" sagte Alice.

„Freilich, da sind sie ja! er steht dabei!" sagte der König triumphirend und wies dabei nach den Kuchen

auf dem Tische und nach dem Buben; „nichts kann klarer sein. Dann wieder — ‚Eh sie den Anfall hätt'‘ — du hast nie einen Anfall gehabt, Liebe, glaube ich,“ sagte er zu der Königin.

„Niemals,“ rief die Königin wüthend und warf dabei der Eidechse ein Tintenfaß an den Kopf. (Der unglückliche kleine Wabbel

hatte aufgehört, mit dem Finger auf seiner Tafel zu schreiben, da er merkte, daß es keine Spuren hinterließ; doch nun fing er eilig wieder an, indem er die Tinte benutzte, die von seinem Gesichte herabträufelte, so lange dies vorhielt.)

„Dann ist dies nicht dein **Fall**," sagte der König und blickte lächelnd in dem ganzen Saale herum. Alles blieb todtenstill.

„— 's ist ja 'n Witz!" fügte der König in ärger= lichem Tone hinzu — sogleich lachte Jedermann. „Die Geschwornen sollen ihren Ausspruch thun," sagte der König wohl zum zwanzigsten Male.

„Nein, nein!" sagte die Königin. „Erst das Urtheil, der Ausspruch der Geschwornen nachher."

„Dummer Unsinn!" sagte Alice laut. „Was für ein Einfall, erst das Urtheil haben zu wollen!"

„Halt den Mund!" sagte die Königin, indem sie purpurroth wurde.

„Ich will nicht!" sagte Alice.

„Schlagt ihr den Kopf ab!" brüllte die Königin so laut sie konnte. Niemand rührte sich.

„Wer fragt nach euch?" sagte Alice (unterdessen hatte sie ihre volle Größe erreicht). „Ihr seid nichts weiter als ein Spiel Karten!"

Bei diesen Worten erhob sich das ganze Spiel in die Luft und flog auf sie herab; sie schrie auf, halb

vor Furcht, halb vor Aerger, verfuchte fie fich abzu=
wehren und merkte, daß fie am Ufer lag, den Kopf
auf dem Schoße ihrer Schwefter, welche leife einige welke

Blätter fortnahm, die ihr von den Bäumen herunter auf's Gesicht gefallen waren.

„Wach auf, liebe Alice!" sagte ihre Schwester; „du hast mal lange geschlafen!"

„O, und ich habe einen so merkwürdigen Traum gehabt!" sagte Alice, und sie erzählte ihrer Schwester, so gut sie sich errinnern konnte, alle die seltsamen Abenteuer, welche ihr eben gelesen habt. Als sie fertig war, gab ihre Schwester ihr einen Kuß und sagte: „Es war ein sonderbarer Traum, das ist gewiß; aber nun lauf hinein zum Thee, es wird spät." Da stand Alice auf und rannte fort, und dachte dabei, und zwar mit Recht, daß es doch ein wunderschöner Traum gewesen sei.

Aber ihre Schwester blieb sitzen, wie sie sie verlassen hatte, den Kopf auf die Hand gestützt, blickte in die untergehende Sonne und dachte an die kleine Alice und ihre wunderbaren Abenteuer, bis auch sie auf ihre Weise zu träumen anfing, und dies war ihr Traum:

Zuerst träumte sie von der kleinen Alice selbst: wieder sah sie die kleinen Händchen zusammengefaltet auf ihrem Knie, und die klaren sprechenden Augen, die zu ihr aufblickten — sie konnte selbst den Ton ihrer Stimme hören und das komische Zurückwerfen des kleinen Köpfchens sehen, womit sie die einzelnen Haare ab= schüttelte, die ihr immer wieder in die Augen kamen — und jemehr sie zuhörte oder zuzuhören meinte, desto mehr belebte sich der ganze Platz um sie herum mit den seltsamen Geschöpfen aus ihrer kleinen Schwester Traum.

Das lange Gras zu ihren Füßen rauschte, da das weiße Kaninchen vorbeihuschte — die erschrockene Maus plätscherte durch den nahen Teich — sie konnte das

Klappern der Theetassen hören, wo der Faselhase und
seine Freunde ihre immerwährende Mahlzeit hielten, und
die gellende Stimme der Königin, die ihre unglücklichen
Gäste zur Hinrichtung abschickte — wieder nieste das
Ferkel=Kind auf dem Schoße der Herzogin, während
Pfannen und Schüsseln rund herum in Scherben bra=
chen — wieder erfüllten der Schrei des Greifen, das
Quieken von dem Tafelstein der Eidechse und das
Stöhnen des unterdrückten Meerschweinchens die Luft
und vermischten sich mit dem Schluchzen der unglück=
lichen falschen Schildkröte in der Entfernung.

So saß sie da, mit geschlossenen Augen, und glaubte
fast, sie sei im Wunderlande, obgleich sie ja wußte, daß
sobald sie die Augen öffnete, Alles wieder zur alltäg=
lichen Wirklichkeit werden würde; das Gras würde
dann nur im Winde rauschen, der Teich mit seinem
Rieseln das Wogen des Rohres begleiten; das Klappern
der Theetassen würde sich in klingende Heerdenglocken ver=
wandeln und die gellende Stimme der Königin in die
Rufe des Hirtenknaben — und das Niesen des Kindes,
das Geschrei des Greifen und all die andern außer=
ordentlichen Töne würden sich (das wußte sie) in das
verworrene Getöse des geschäftigen Gutshofes verwan=

deln — während sie statt des schwermüthigen Schluchzens
der falschen Schildkröte in der Ferne das wohlbekannte
Brüllen des Rindviehes hören würde.

Endlich malte sie sich aus, wie ihre kleine Schwester
Alice in späterer Zeit selbst erwachsen sein werde; und
wie sie durch alle reiferen Jahre hindurch das einfache
liebevolle Herz ihrer Kindheit bewahren, und wie sie
andere kleine Kinder um sich versammeln und deren
Blicke neugierig und gespannt machen werde mit manch
einer wunderbaren Erzählung, vielleicht sogar mit dem
Traume vom Wunderlande aus alten Zeiten; und wie
sie alle ihre kleinen Sorgen nachfühlen, sich über alle ihre
kleinen Freuden mitfreuen werde in der Erinnerung an ihr
eigenes Kindesleben und die glücklichen Sommertage.